倘若，来得及

If, It's Still On Time

陌安凉　著

天津出版传媒集团

天津人民出版社

图书在版编目（ＣＩＰ）数据

倘若，来得及 / 陌安凉著. -- 天津 ：天津人民出版社，2016.1（2020.3重印）
ISBN 978-7-201-10050-0-01

Ⅰ．①倘… Ⅱ．①陌… Ⅲ．①长篇小说－中国－当代
Ⅳ．①I247.5

中国版本图书馆CIP数据核字(2016)第013063号

倘若，来得及
TANGRUO, LAIDEJI

陌安凉 著

出　　版	天津人民出版社
出 版 人	刘　庆
地　　址	天津市和平区西康路35号康岳大厦
邮政编码	300051
邮购电话	（022）23332469
网　　址	http：//www.tjrmcbs.com
电子信箱	reader@tjrmcbs.com

责任编辑	玮丽斯
特约编辑	李　黎
装帧设计	赖　婷　齐晓婷
责任校对	黎　欢

制版印刷	三河市华东印刷有限公司印刷
经　　销	新华书店
开　　本	660毫米×960毫米　1/16
印　　张	16
字　　数	158千字
版权印次	2016年1月第1版　2020年3月第2次印刷
定　　价	42.80元

目录

目录

第一章

初相见

If,

It's Still
On Time

01

把眼睛闭上再睁开，入目的依旧是刺眼的阳光，空气中充斥着浓烈的汗臭味。

现在是2013年的夏天，白天最高气温可达37度。

站在学校的操场上，我有点儿后悔来参加大学的军训了。两个月前，我结束了高中生涯，在家里窝了一整个夏天后，进入了A大。

"全体人员注意，稍息！"

一声哨响打断了我的神游。

就像高中开学前的军训一样，教官开始例行发言。

这场类似于"演讲"的开场白不知道说了多久。太阳越升越高，除了皮肤上传来的灼热感外，我还感觉有点儿昏昏欲睡，直到听见一道清冽的男声我才回过神。

"不好意思教官，我迟到了。"

我往声音传来的方向看去，虽然穿着难看的迷彩服，但还是遮掩不了这个男生的光芒。

什么叫惊为天人，这一刻我才彻底明白。

所有人的目光都被吸引住了，周围不时有女生发出唏嘘声。毕竟能把迷彩服穿得那么帅气的人不多见，而女生天生就对美好的事物心存幻想。

"哪个班的？叫什么名字？"教官皱了皱眉问道。

"金融2班，傅思齐。"

"迟到的理由？"

"抱歉，教官，这是我私人的事情。"

周围的惊叹声转变成了窃窃私语，男生在军训第一天就这么无礼地顶撞教官，似乎不太合适。

正当所有人揣测教官会不会罚他跑20圈操场的时候，教官却爽朗地笑了起来："不卑不亢，倒真有几分军人的样子。这样，迟到的事儿我不追究了，你就唱首军歌来助助兴吧。"

这首歌我并没有听过，只觉得傅思齐唱得铿锵。

他唱起歌时，就像站在舞台中间一般，所有的灯都打在他身上，将他整个人笼罩在一片光亮之中。他站得又挺又直，就像是长在戈壁滩上的不屈的白杨。

我觉得自己在那一瞬间仿佛被一道闪电击中了，心脏止不住地颤抖起来。

"你居然会唱这首歌。"教官看他的眼神里多了几分赞赏，"这可是很老的歌了，没想到有年轻人会唱。"

"我父亲以前是军人，从小我就听他给我哼这些歌，自然而然就会了。"

难怪他的站姿会那么端正，原来他爸爸以前是军人。我不由地对他又多了几分兴趣。

大概是因为太久没运动过了，一天下来我觉得自己的骨头都快要散架了。好不容易走回宿舍，刚洗完澡就接到了周翰的电话。

"小雅，为了庆祝你开学，我们一致决定请你吃饭。"

"能不能不去啊？"我一边擦着湿漉漉的头发一边冲电话那头的人说道，"我这军训第一天，都已经累死了，你们就不能让我好好休息下？"

"你看吧，前段时间我就说了，帮你弄张假条躲掉军训，你自己不愿意，现在又抱怨。"

"我可没抱怨，我只是在拒绝你现在让我出去的要求。"

话音刚落，电话那头发出了些许响动，没一会儿便听到了项阳略带哀求的声音："我的好小雅，算我求你了，你就大发慈悲出来吧。"

"你这又是闹得哪一出？"我把毛巾放下，坐到床边问道。

"我惹洁妮生气了，今天的聚餐也是我让阿翰帮忙联系的。这不想着人多好办事嘛，你就帮帮我这一回吧。"

项阳的声音听上去当真有些可怜，我想了一下，问道："你到底做了什么事情把洁妮惹生气了？"

"小雅，你能不能别问了啊？你就好好地帮我这一次，只要能哄回洁妮，你以后就是我姐，你让我向东我绝不向西。"

项阳的话让我觉得有些好笑，索性就答应了他的请求。

就像其他女孩子一样，我也有自己的小伙伴。赵小乔、安洁妮，这两个一直以来陪在我身边的朋友，对我来说是最重要的。

周翰和项阳身为男生，本来和我的交流不多。但是因为赵小乔和周翰是穿着一条裤子长大的好朋友，所以周翰有些时候也会和我们混在一起，而他又经常会带上他的好哥们项阳。这么一回生二回熟的，渐渐地大家都玩在了一起。

不知道从什么时候开始，洁妮和项阳突然对上了眼，两个人一声不吭地牵起了手，把我们都吓了一跳。可是我们几个从来不会吝啬对好朋友的祝福，我们5个就这么度过了最美好的高中时光，对了，周翰发了疯似的对我告白的那一段除外。

傍晚6点，夕阳西下，整个天空都染上了余霞绚烂的色彩。

我站在学校门口，等周翰和项阳来接我。算一算时间，在高考成绩出来那天的那次小聚后，我已经一个多月没有跟他们见过面了。不是不想见他们，只是炎热的天气让我根本提不起精神出门，只能偶尔给他们打个电话汇报一下近况。

不一会儿，一辆车停在了我面前，车窗缓缓打开，项阳探出头说："小雅，上车。"

迷迷糊糊地上了车，好一会儿我才反应过来，问道："周翰，你什么时候拿到驾照了？"

"就这个暑假啊。"周翰紧握着方向盘，从后视镜里看了我一眼，"你们都在家里窝着不愿意出来玩，我闲着没事儿，索性就把驾照考了。反正我已经年满18岁，可以开车上路了。"

"果然是有钱人家的贵公子，就是不一样。"

我往后座上一靠，开着周翰的玩笑，却不想被他反将了一军。

他说："小雅，你要是肯嫁给我，我们不就一样了嘛。"

我有些尴尬地摸了摸鼻子，闭上嘴不再说话。

项阳没有注意到我的不自然，从副驾驶上扭过头来说道："就是，小雅，你就和阿翰在一起得了，你看他，长得帅，条件又好，是提着灯笼都难找的好男人啊。"

我白了项阳一眼，说道："得了，既然周翰那么好，干脆你跟他在一起好了。"

"怎么可能？"项阳惊呼道。

我打趣道："看你跟周翰都这么多年的交情了，干脆你俩在一起得了，省的再去祸害别的小姑娘。"

"怎么能叫祸害呢。"项阳表示极度不赞同。

看着他一脸无奈，我心情大好地笑出了声。

行至半路，项阳让周翰停下来，说要下车去买花，项阳一走，我就有些局促起来。

自从半年前我拒绝了周翰的告白后，他就好像越挫越勇一样，时不时地对我说上一两句甜言蜜语，他越是这样，我越害怕跟他两个人独处。

我用眼角的余光瞥了一眼周翰，却正好碰上了他玩味的眼神。

"小雅，我怎么觉得你好像很怕我？"

"啊？有吗？"我坐直了身子，有些含糊地回答道，"你的错觉吧。"

"没有当然最好了，你也知道，我喜欢你，如果你怕我的话我会很苦恼的……"

"周翰，这样的话说多了就没意思了。"我打断了他的话，一脸认真地说道，"我之前说得很明白，我只当你是朋友。"

"可我希望'朋友'前面能够多一个字。"

周翰的话让我顿时无语，好一会儿我才开口说道："这种事情以后再说吧。"

这时，项阳捧着花回来了，我心里松了一口气。

和周翰做了太长时间的朋友，对于他突如其来的示爱，我拒绝的次数越多就显得越乏力。

这么多年的朋友，我不想因为这些事情和他闹得不开心，所以总是能躲则躲。

吃饭的地方是市中心的一家日式餐厅，这是项阳家里其中一个产业，此前一直作为我们的聚会根据地。推开包间门，我率先走了进去，赵小乔和洁

第一章

初相见

妮坐在榻榻米上，见我进来两个人都站了起来。

"弥雅，你可算出现了。"赵小乔走过来，轻轻地踢了我一脚，"你要是再不出现，我可准备满大街地去贴寻人启事了。"

"哪有那么夸张，我那不是在家里专心学习嘛。"

"呸，就你这样还专心学习，说出去谁信。洁妮，你说是不是？"

赵小乔扭过脸去看洁妮，想要寻求认可。可显然洁妮根本没打算附和她，只是微笑着说道，"好啦，小雅都这么长时间没出现了，小乔你就别闹她了。"

"哼，坏洁妮，从来都只帮弥雅。"

说着，赵小乔冲洁妮做了个鬼脸。

门再次被推开，周翰和项阳走了进来。一见到项阳，原本微笑着的洁妮顿时拉下了脸。

赵小乔把我拉到一边，小声地告诉我事情的经过。

项阳本来就是花花公子一个，认识他这么久，我都觉得他从来没改变过。这次冷战的起因就是项公子死性不改，在和别的女生调情时被洁妮撞了个正着。

这样的事情，在他们交往的这一年内时有发生。很多时候我都不明白洁妮为什么会和项阳在一起，照理来说，她条件这么好，完全没必要去迁就一个这样三心二意的人。

或许爱情就是这么盲目，不是我一个旁观者能想明白的。

项阳从身后拿出一束玫瑰花，朝洁妮递了过去："对不起，洁妮，都是我不好，不该见到漂亮的女生就乱说话，你原谅我这一次吧，我保证以后一定好好改。"

每一次求和时项阳说的话都是一样的，这话我都不知道听过多少次了。

我靠在墙上没说话，赵小乔却突然发声："项公子，我记得你半个月前是被洁妮发现送玫瑰花给穆欣欣的，怎么今天又送玫瑰花？"

赵小乔的话让洁妮和项阳都白了脸。

我伸手拉了拉赵小乔，示意她不要多事，所幸赵小乔出了一口恶气之后倒也没再说什么了，安静地站在我旁边看着。

气氛沉默了好一会儿，周翰走过来打圆场道："项阳，你不是还有礼物要送给洁妮吗？"

"哦，对对。"项阳猛地反应过来，"洁妮，你等等，我去拿下礼物。"

项阳再折回来不过用了短短5分钟，当他再次出现在我们面前时我和赵小乔都忍不住大笑起来。

项阳手上拿着一块儿时才能见到的木质搓衣板，他把它放在地上，跪在上面，有些楚楚可怜地说道："洁妮，这块搓衣板送给你。我要是再犯错你就罚我跪搓衣板吧，跪到你消气为止。"

"那你今天就跪在这里吧。"

洁妮没好气地看了他一眼，终于开口说话了。

"不是吧，洁妮？"项阳苦着脸说道："你真的忍心这么对待我吗？"

"不是你自己说要跪的吗？我又没逼你。"

"行，那我就跪这儿等你喊'平身'了。"

说话间，气氛渐渐缓和了下来，我们3个轮流劝了一下洁妮，她才收回成命，让项阳站起来。

冷战的事，就再一次这么结束了。

随着一道道精致的日本料理被端上来，气氛渐渐变得热烈起来。

02

如果可以重新选择，我肯定不会来参加军训。短短几天，我已经从一个肤白貌美的少女变成了一个灰头土脸的黑壮士。

还好，军训再苦，终有尽时。欢送完教官后，我的大学生活也正式地拉开了帷幕。

作为一个大学新生，我对大学里的一切都抱有浓厚的兴趣。同学们都在讨论参加社团的事情，而我跃跃欲试地提交了加入学生会的申请。

没想到，在进入学生会的第一天我便碰到了傅思齐。除了心中那一丝小小的兴奋外，我还把这当成了一种天意。

不同于军训时必须要穿的迷彩服，傅思齐这天穿着干净的白衬衫，风吹过的时候，我能闻到他身上的香皂味。淡淡的香气传来，让我不由得有些晃神。

最开始是会长发言，整个过程沉闷得让我总是不由自主地偷看傅思齐，看他低头在笔记本上写写画画，看他抬头看会长说话。紧接着，在分配工作的时候，老天爷像是听到了我的心声一般，让会长把我和傅思齐一起分到了外联部。

散会后，本着"近水楼台先得月"的心理，我率先使用了作为一个新时代的美少女必须要会的社交技能——搭讪。

唇角微微上扬，我走到傅思齐身边，向他伸出手，说道："你好，我叫弥雅，跟你一样被分到了外联部。"

"傅思齐。"

他的手轻轻握住我的手，掌心一片冰凉。

我想我回去后要两天不洗手了。

正当我思索着用什么来打开话题的时候，门外忽然有人喊："傅思齐，有人找！"

我往门口看过去，一个个头娇小的女生正站在门口往里张望，在看到傅思齐后便直接冲了进来。

"思齐，你忙完了没有？忙完了的话我们一起回家吧。"

"妹子，"有人调侃道，"你们俩什么关系啊，都一起回家了。"

"你别乱说，我和思齐是邻居，所以才一起回家的。"

女生不好意思地低下了头，双颊微微泛红。

"小妹妹，你叫什么名字啊？"有男生接着问道。

"我叫黄蓉，就是射雕英雄传里面的那个黄蓉。"女生抬起头，略显自豪地说道。

"那我们思齐不就是'靖哥哥'吗？"

"是啊是啊，靖哥哥。"

......

接二连三的玩笑话让女生有点儿手足无措，只能傻傻地看着傅思齐。

傅思齐对开玩笑的几人笑着说："你们就别逗她了，我有点儿事，就先走了。"

说着，他往外走了两步，突然又回过头来看着我："弥雅，有时间再聊。"

我愣了愣，然后笑着点了点头。

直到两个人的身影消失在了门外，办公室里的唏嘘仍然不曾间断。

那个女孩子到底是谁？我在心里不停地猜测着，却也想不出一个所以然来，这时，口袋里的手机震动了两下。

"小雅，周六陪我去买礼物。"是周翰的短信。

我刚想回绝，紧接着又收到一条："不许拒绝。我原本是想找赵小乔帮忙的，可你也知道她有多靠不住，所以思前想后，我就只能找你当参谋了。你不希望我妈的生日礼物被我毁了吧。"

周翰说得头头是道，我想拒绝可找不到一个好的理由，便只能答应他了，只希望他到时候不要又说出什么让我尴尬的话来。

在商场里等周翰的时候，我遇到了在路边派发传单的傅思齐。

烈日炎炎，我站得远远地都能看到傅思齐额头上溢出的汗。我说不清自己此时是什么样的心情，有点儿像有人往我心里丢了一块石头，我的心一点点地沉了下去。

因为和傅思齐还不是很熟，我怕突兀地打扰会让他产生反感。我想了一下，去商场外的饮品店里买了两杯冰饮。

我端着两杯冰饮，走到傅思齐旁边，故作惊讶地说道："嗨，傅思齐，真巧。"

傅思齐看到我愣了一下，随即反应过来，笑着说道："是啊，真有缘。"

"请你喝饮料。"我把手中的冰饮递给他，"我在这里等朋友，这杯饮料本来是给他买的，没想到他这么久还没来，我的手都拿酸了，你要是不介意的话，可不可以帮我解决掉它？"

我的语气里带着一丝请求。傅思齐笑了笑，接过我手里的冷饮，说道："谢谢你了。"

"不客气。"我甜甜地笑着说。

傅思齐仰起头，喝了两口冰饮，喉结翻滚间我竟然觉得他性感得不行。我大概真的是被烈日晃花了眼，才会就这么看着他看呆了。

周翰来的时候我正和傅思齐站在路边阴凉的地方说着话，对傅思齐的好

感让我一直都保持着兴奋状态，不管他说什么我都觉得很有意思。

似乎是察觉到了我的兴奋，周翰见到傅思齐的第一眼便皱起了眉头，冷冷地问我："小雅，这位是？"

"我学生会的同事，傅思齐。"

随着我的介绍，傅思齐朝周翰伸出右手，笑着说道："你好。"

傅思齐的手在空中僵了好一会儿才得到周翰的回应："周翰。"

周翰的态度让我有些不开心，我刚想说点儿什么，傅思齐对我说道："弥雅，既然你等的人来了你就先去忙吧，我把这些传单发完就回去交差了。"

我便没再说什么，和傅思齐说了声"再见"后，在周翰的催促下离开了。

我和周翰在商场逛了两个多小时才选好周妈妈的生日礼物，出商场的时候并没有再见到傅思齐。我拒绝了周翰一起吃饭的提议，坐上了回学校的公交车。

到学校的时候已经是傍晚了，草草解决了晚饭后，我打了个电话给洁妮。

两个人互相聊了一下最近的事情，我开始抱怨下午的时候周翰没礼貌的行为。

洁妮听完我的话，沉默了一会儿，才低声问道："你是觉得他不尊重你那个同学？"

"何止是不尊重那个同学，他连我都不尊重好吗？"我没好气地说道，"你又不是不知道他那个性格，从小就被家里宠坏了，凭什么他喜欢我我就一定得喜欢他啊？"

电话那端的洁妮笑了笑，说道："小雅，其实我真觉得周翰人挺不错的。你看啊，小乔跟他这么多年朋友了，知根知底的，而且这几年你们也相处得不错，不如……"

没等洁妮说完，我便打断了她的话："不可能！我对周翰根本一点儿感觉都没有，我才不要将就。"

"那我也不多说了，你自己看着办吧。"

洁妮的话音刚落，电话那头传来了别人喊洁妮的声音，她和我说了声便匆匆挂断了电话。

再接到洁妮的电话是隔天中午，她说："小雅，下午我要去面试芭蕾舞团的角色，你能不能过来陪陪我。"

她的语气一如往常的平静，但我总感觉在那声音下面藏着微微的难过，于是我随意收拾了一下便往她那边赶去。

我在洁妮学校的排练厅见到了她，她穿着芭蕾舞裙坐在地上，低着头不知道在想些什么。

"洁妮。"

听到我的声音，她抬起头来，原本明亮的眼睛有被泪水清洗过的痕迹。

她勉强地扯出一个笑容："小雅，你来了。"

"你怎么了？"我连忙走过去，紧张地问道。

"小雅，你说我是不是不该来这所学校？"

她答非所问的话让我一头雾水，只能再次询问到底发生了什么事。

洁妮沉默了一会儿，眼泪哗哗地流了出来。

她哽咽着说："小雅，昨天我们导师找我谈话了。你知道的，我的家庭背景很普通，不可能为我创造更好的条件。虽然我早就知道艺术学校有很多内幕，可是当我真的碰上了我还是接受不了。我以为，只要我努力，只要我跳得好，一切都不是问题。可是我现在才知道，原来并不是努力就可以了，我跳得再好也抵不过人家家里的一句话。"

在她断断续续地诉说中，我大致明白了事情的来龙去脉。记得我刚认识洁妮的时候，是在高中的开学舞会上，她的那场独舞，吸引了所有人的目光。

之后我们分到了同一班，慢慢成了好友，我才知道她有多么努力。

她从5岁开始练习芭蕾，每天风雨无阻。我心疼她脱下舞鞋时，脚尖上那厚厚的茧，也清楚地记得她跟我说起芭蕾时兴奋的表情。

正当我想着该怎么安慰她时，喇叭里传出了声音："请第28号安洁妮同学上台表演。"

洁妮快速擦干眼泪，站起身来，往表演台走去，她逆着光的背影，就像一只高傲的白天鹅。

尽管不是第一次看到她跳芭蕾，但是我的心还是被她的舞姿震撼到了。她的每一个旋转、每一次跳跃都是一种美的享受。一曲完毕，她鞠躬退场，台下响起了雷鸣般的掌声。

或许情况并没有我们想得那么糟糕，我在心里安慰自己。

来参加选角的女生并不多，全部表演完后就会公布结果。我握紧洁妮的手，她的掌心里全是汗。

终于，所有人都跳完了，评委们开始统一意见。20分钟后，主持人拿着一张写着结果的卡片走上了舞台。

所有人都屏住了呼吸。

洁妮的表情看上去很平静，只是握着我的手更加用力了。

"让我们恭喜10号苏小小同学获得了这次芭蕾舞团的角色，希望没有选中的同学继续努力……"

接下来的话我没有再细听。洁妮突然站了起来，说道："我去更衣室换下衣服，待会儿见。"

我在外面等了20多分钟，洁妮还没出来，我忍不住去后台找她。虽然洁妮一直都表现得很坚强，可我知道这次的事情给了她不小的打击。

后台的人很多，我拉住一个女生问道："请问你知道安洁妮在哪里吗？"

"安洁妮？"女生皱了皱眉。

旁边马上有人接口说道："就是那个28号，跳得最好的那个。你不会不知道她吧，她可是我们系最漂亮的女生。"

"28号啊。"女生反应过来，叹息道："真是可惜了，我觉得她跳得比那个苏小小好得多。"

"跳得好又有什么用呢，人家苏小小的家庭背景在那里。你又不是不知道，像我们这种学艺术的，家里要是没点儿背景，很难混出头的。"

女生们的讨论在听到"啪"的一声开门声时停下了，我顺着声音发出的方向看过去，洁妮提着一袋东西，一脸倔强地站在更衣室门口。

四周静默了一会儿，然后大家各自走开了。

洁妮走到我身边，说道："走吧，小雅。"

一路上我们两个都没说话。洁妮带着我走到垃圾桶旁，把手里的那袋东西扔了进去。

我隐约看见是一双舞鞋。

"洁妮，你这是何必呢。"

"小雅。"洁妮转过脸来看着我，"谢谢你来陪我，你先回去吧，我想一个人静静，好好休息一下。"

说完，她不再理会我，转过身便走。夕阳把她的影子拉得长长的，显得有些落寞。

03

"弥雅。"刚走出教室，在学生会认识的林漠漠跑过来对我说道："你知道我们学校每年都会有迎新晚会吧。"

"嗯，大概听说了一些。"

"那就好了。"她笑着说，"先前班导已经打了招呼，我们两个班的女生要进行合演。我想应该不难，可能就是跳舞之类的吧。"

"跳舞？"

我微微皱眉，想起了洁妮。那天之后到现在已经两天了，她的电话一直处于拒接状态，不管是从谁那里都打听不到她的消息。

不安就像是一颗种子，在我的心里生根发芽。

见我没说话，林漠漠再次说道："今天下午要在学校礼堂排练，你早点儿来。"

我到礼堂的时候已经6点了。

礼堂里人声鼎沸，周围全是生面孔，眼尖的林漠漠看到我后便向我跑了过来。

"让你早点儿来，你偏偏等到这个时候，我们都已经排练过一次了。赶紧的，你先学几个动作，待会儿礼堂就要让给隔壁班的了。"

林漠漠说起话来都不带喘气的，我还没反应过来就被她拉上了台，台上的几个女生见到我都友好地笑了笑。

跟着她们的动作跳了一会儿，我感觉到有人在看我，四下看了看，原来是站在墙角的傅思齐。

我脸一红，心一慌，自己把自己绊倒了。

"弥雅，你没事吧。"见我摔倒，林漠漠赶紧冲了过来，关心地问道。

"没事没事。"我从地上爬起来，有些尴尬地笑着说，"我打小就有这毛病，手脚不太协调。"

"那行，你自己注意点儿啊。"

短短十几分钟的舞蹈排练，我一直跳得心不在焉，总是担心会在傅思齐面前丢人。排练完毕后，我便急急忙忙地跑下了台。

一下台我便迎面遇上了傅思齐，刚才丢脸的一幕导致我不好意思和他打招呼，反倒是他，笑眯眯地看着我说："刚才跳得还不错。"

他的笑容多少缓解了一些我的难堪，我"扑哧"一下笑出声来，开玩笑地说道："你确定不是在嘲笑我？"

"哪里，我说的是实话。"

"那就当你说的是实话好了。"我放下了心理包袱，笑着问道："你们班表演什么节目？"

"黄河大合唱。"

"真的？"

傅思齐耸了耸肩："是真的。"

"哈哈哈，这是谁想的点子，简直绝了。"

"谁知道呢。"

迎新晚会在周五晚上拉开了序幕，我们班的出场顺序排在中间。换好衣服后，林漠漠她们都跑去看表演了，而我兴致索然。

整个后台只有我一个人，我窝在角落的沙发上不知不觉地睡着了。醒来时，几个即将上台表演的女生在后台化妆、换衣服，我刚准备站起身，身下突然涌出一股暖流。

这种感觉我相信每个女生都再熟悉不过了，这段时间的忙碌让我忘了"大姨妈"的存在。

我只能尴尬地坐着，动也不敢动，在心里期盼着林漠漠她们能早点儿回来解救我。

突然，傅思齐从外面走了进来，看到我的时候，他愣了一下，然后走过来和我打招呼："嗨，弥雅。"

"嗨。"

"你怎么没出去看他们表演？"

"我……"

我怎么好告诉他我是因为来了例假，又没做好准备，所以只能坐在这里呢。

一直保持着相同的坐姿让我浑身都僵硬了，我尝试着挪动了一下又是一阵暖流袭来。

刚才坐过的地方染上了点点血渍。

第一章

初相见

傅思齐的目光落在那里，又快速地移开。

我脸上一烧，低下头不敢看他。

过了一会儿，我听到了他细若游丝的声音："你……你等等，我马上回来。"

傅思齐再回来时手里拎着一个黑色的袋子，他把外套脱了下来，递给我："你先裹着我的衣服去卫生间清洗一下吧。"

我接过衣服，没敢再看他一眼便跑了出去。

礼堂的卫生间是单人的，我简单地收拾了一下，正看着演出服上那一大片红思考着该怎么办时，门被敲响了。

门外传来傅思齐清澈的声音："弥雅，你还在里面吗？"

"嗯。"

"你的演出服应该弄脏了吧，我在服装老师那里替你又拿了一套，你先换上吧。"

我把门拉开一条缝隙，接过傅思齐手上的衣服，轻轻地说了声"谢谢"，便又把门给关上了。

这次真是托了傅思齐的福，我才没有在全校师生面前丢人，表演完毕后，我本想再次感谢他的，却没看到他的人。

赵小乔一共打了我5个电话，前4个我在外面吃饭，手机丢在宿舍没带出去，都没接到。

等我接起第5个电话时，电话那头传来她骂骂咧咧的声音："弥雅，你死哪去了？我给你打了这么多电话，你怎么都不接？"

"刚才出去吃饭了，你这么急着找我有什么事吗？"

"你知道我下午逛街的时候看见什么了吗？"赵小乔深吸了一口气，接着说道："我看见项阳那小子又在乱勾搭女孩儿，那画面要多恶心人就有多恶心人。"

赵小乔的话让我心里一惊。虽然早就知道项阳本性难改，却没想到他这么快就旧病复发了。

我愣了好一会儿才从嘴里挤出一句话："你没干什么吧？"

"你说呢？"她气呼呼地说道，"我把那个不要脸的女孩子赶走了。估计是看我火气太大了，项阳那小子愣是没敢吱一声。等到那个女孩子走后，他又求我，说那个女孩子只是他的同班同学，让我别告诉洁妮。你说他这人是不是有病啊？自己狗改不了吃屎，又不肯放了洁妮。"

"你答应他了？"

"没，我还没想清楚。"赵小乔叹了口气，"你说这两人到底累不累。"

项阳在感情上犯错我们都已经司空见惯了，一次次的争吵再原谅，我也不知道他们还能撑多久。

我想了想，说道，"这件事你就当没看到吧，最近洁妮因为选角的事情心情非常不好，这几天刚缓过来，你就别拿项阳这些破事去烦她了。"

"行吧，有空咱们3个出来吃个饭。"

"嗯。"

挂了赵小乔的电话不久，门外传来了敲门声。

打开门一看，竟然是周翰。我愣住了，有些奇怪地问道："你怎么来了？"

"想你了啊，所以就过来看看。"周翰脸笑得像夏日里炙热的阳光，"你们的宿管阿姨还真是难应付，还好本少爷长得帅，不然就进不来了。"

"得了，你别贫了。"看着越来越多看过来的眼神，我打断了他的话，"有话快说，别打扰我宁静的校园生活。"

"小雅，你这么说可就伤我的心了。"周翰装出一脸心碎的样子看向我，可惜我早就已经对他免疫了。只见他像变戏法一样拿出一个首饰盒递给我："送你的。"

我皱了皱眉，这两年周翰总是变着法地送礼物给我。尽管我已经拒绝了很多次，可他还是不知道收手。

见我不伸手接，他直接拉过我的手，把首饰盒放到我手里："打开来看看。"

"周翰，你别这样。"我有些无奈地说道，"你总是这样我会很为难的。"

听我这么说，他怔了一下，很快又恢复了平时的死皮赖脸："你就打开看一下，看一下就可以了。"

我真不知道该说他执着还是死脑筋。看他一直眼巴巴地看着我，无可奈何之下我只好打开了那个首饰盒。

一枚做工精致的戒指安安静静地躺在盒子内。

周翰送过我很多礼物，有项链、手链，还有一些精致的小玩意儿，可从来没送过戒指。

"小雅，这戒指可是我特意定做的，世界上独一无二，跟我手上的这枚是一对，名叫'定情'。"周翰一边说一边伸出他戴着戒指的那只手给我看。

我刚想把戒指还给他，旁边传来一个熟悉的声音："好羡慕啊，要是我的男朋友能对我这么好，我死也无憾了。"

我循声看去，声音的主人是前几天见过的黄蓉，她身边站着我好几天没见过的傅思齐。

我忽然感到心里一酸，把首饰盒盖上塞到周翰的手里，走进宿舍"啪"的一下关上了门。

任凭周翰在门外喊我。

——通知，今晚7点外联部临时会议，希望各位准时到达。

学生会的通知预示着我今晚能见到傅思齐。中午因为周翰的事情，我都没来得及跟他说话。

那场闹剧，我不知道他看了多少，我只希望他不要误会什么。

因为下课时被班导叫过去有点儿事，学生会的会议我迟到了。

会议上，部长说着部门发展和规划，我听得心不在焉，眼睛总是不由自主地飘到傅思齐身上。

终于挨到了会议结束，我磨磨蹭蹭地收拾着东西，一旁的傅思齐也在整理着资料。好不容易等人都走完了，我才走到他旁边说道："上次迎新晚会上的事情我都没来得及谢谢你。"

"没什么，举手之劳而已。"傅思齐笑着说。

他的笑像是一阵暖风吹进了我心里。我想了想，又假装若无其事地说："中午的时候你来我们宿舍了吧？都没来得及和你打招呼。"

"嗯，我送蓉蓉回宿舍，碰巧看到你和你男朋友。"

傅思齐的回答正合我意，我顺理成章地解释道："你误会了，那只是我高中玩得比较好的同学，并不是我男朋友。"

"是这样啊。"他恍然大悟。

"是的，就是这样。"

我一脸正色地看着他，心里偷偷地为自己的小计谋得逞而窃喜。

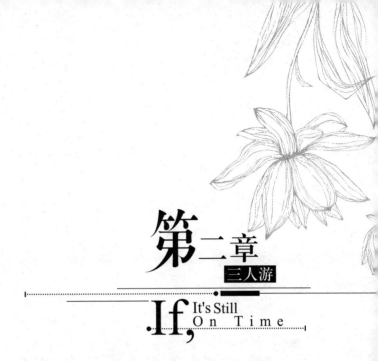

第二章

三人游

If, It's Still On Time

01

当你发觉自己总是把目光停留在一个人身上时，你已经来不及抽离了。

这段时间我总是会刻意关注傅思齐的一切，胸腔里的那颗心好像已经不是为自己跳动的了。这种陌生的感觉让我措手不及，以至于在看见傅思齐的时候我都不敢轻易和他打招呼。

赵小乔打电话来约我出去吃饭的时候，我正被这种感觉折磨得苦不堪言，于是马上就答应了，想着出去走走是不是能顺便解解压。

等我到达约定的地点时，赵小乔人还没到。寻了个位置坐下没多久，她和洁妮一起走了过来。

"这里。"我站起身来朝她们挥挥手。

上次的事情后，这是我第一次见到洁妮。她看上去心情还不错，赵小乔应该是听了我的话，没把项阳的事情抖出去。

各自点好了菜，赵小乔便启动了话痨模式。从她们学校里的那些奇闻趣事说到现阶段正热门的明星动态，我和洁妮全程微笑倾听。

但我总是会不由自主地分神。

察觉到我的不专心，赵小乔往我胳膊上用力一掐，没好气地说道："弥雅，你在想什么呢？大家好不容易才聚一次，这才多久，你都走了多少次神了？"

我痛得龇牙咧嘴，彻底清醒过来："你说归说，能不能别动手啊？"

"不动手你能醒过来？"赵小乔白了我一眼，"来，跟姐说说，这半个月你在学校里究竟发生了什么，好端端一姑娘都憔悴成这样了。"

赵小乔虽然大大咧咧，但还是很关心我的。

我斟酌了一下用词，开口问道："如果一个人总是忍不住去关注另一个人，比如关注他今天穿了什么衣服、吃了什么菜、做了什么事……而且在他的面前总是会犯傻，是为什么？"

"这还用问吗，摆明了是喜欢上人家了。"赵小乔听完我的话，脱口而出，"我说弥雅，你该不会是喜欢上了谁吧，瞧你这春心荡漾的脸，啧啧，真是可爱。"

"你有喜欢的人了？"洁妮也好奇地看向我。

"你别听赵小乔瞎说。"我连连摆手，狡辩道，"我只是问一问。我刚认识了个朋友，她天天问我这个，我都被她烦得不行了，这才问问你们的。"

"真的吗？"

"当然了，我保证。"

看着她们似乎没有再追究下去的意思，我在心里微微松了口气。虽然早就知道我有可能喜欢上傅思齐了，可是当这种喜欢的感觉被确定时，我还是觉得有些不可思议。

原来，一个人喜欢上另一个人，这么简单。

再见到傅思齐是在第二天下午，我路过教学楼的时候正好看见他在我不远的地方。正当我犹豫着要不要去打个招呼的时候，他已经转身走上了楼梯。

一阵急促的电话铃声打断了我的失落。

是赵小乔。

她说："弥雅，不好了，出大事了！"

我赶到校门口的时候，赵小乔已经等在那里了。她一看到我便迎了上来，着急地说道："洁妮现在把自己关在宿舍里，谁都不理，项阳已经急疯了。"

说话间，她挥手拦了一辆计程车。

上了车，赵小乔接着说道："你说这闹得都是些什么事啊，我真不明白洁妮的爸妈到底在想些什么，这么大年纪了，说离婚就离婚，一点儿都不顾及洁妮的感受。"

赵小乔愤愤不平地抱怨着。

原来，昨天晚上我们各自回家后，洁妮刚到家便被父母通知了他们协议离婚的消息。

这么多年来，表面上的和平让洁妮一直以为父母的感情无坚不摧，现在却被现实狠狠地打了一巴掌，她一时难以接受是真的。

见我不说话，赵小乔凑了过来，叹了口气，说道，"弥雅，你说我们之前瞒着她那件事是不是不太好。"

洁妮家里面的事情我和赵小乔知道的不多，只是偶尔去她家找她时见过几次她的父母。

听洁妮说起过，她爸爸在一家大企业做部门经理，她妈妈以前是一位舞蹈家，后来因为生了洁妮放弃了自己的理想，待在家里相夫教子。

都快忘记是什么时候的事情了，只记得那次是我和赵小乔一起出去逛街，回家的路上看见了洁妮的妈妈。我们正想过去和她打招呼，一个男人走了过去，亲密地搂住了她的腰，而她也是一脸巧笑嫣然。

我和赵小乔讨论过要不要把这件事告诉洁妮，可是又觉得别人的家事我们不太好插手，而且这种事也不是我和赵小乔能说清楚的，最后，我们选择了缄口不言。

没想到，洁妮的爸妈还是走到了这一步。

我和赵小乔赶到洁妮宿舍的时候，项阳正站在宿舍门口。

第二章

三人游

　　一见到我，他立马迎了上来："小雅，你快去劝劝洁妮吧，我在这跟她说了半天话了，她一点儿反应都没有。"

　　宿舍门紧闭着，我敲门喊了她几声，依然没有回应。

　　项阳急得像是热锅上的蚂蚁。赵小乔的暴脾气一下上来了，撸起袖子准备把门踹开，正当她做热身运动的时候，门忽然开了。

　　洁妮从里面走了出来，表面上看不出她的情绪。

　　见她现身了，项阳马上冲上去抱住她，担忧地问："你没事吧？"

　　洁妮没有回答，只是轻轻地摇了摇头。见他们这个样子，我和赵小乔也不知道该说些什么。

　　过了好一会儿，项阳才放开她，体贴地说道："你一天没吃东西肯定饿了，我去给你买点儿吃的，你先和弥雅她们聊聊。"

　　离开前，项阳看了我一眼，目光里的意思我懂。

　　赵小乔走过去挽着洁妮走进宿舍，我跟在后面。坐下后，赵小乔和我都没说话，这时候沉默才是最好的安慰。

　　过了一会儿，洁妮开口了。

　　她说："小乔，我现在什么都没有了。"

　　她的声音有点儿哽咽，听得我心里一紧。赵小乔则紧紧地抱住了她，安慰道："怎么会，你还有我，有弥雅，有项阳。"

　　"是啊，洁妮，你还有我们呢。"我走过去握住她的手。

项阳买了吃的回来后，我和赵小乔便离开了，让她和项阳独处。

回去的路上，赵小乔不胜唏嘘。人生总是充满变数，有些人、有些事或许突然在某一天就会离你而去。

"弥雅，你看，是周翰。"

赵小乔的声音把我从思绪里拉了出来，顺着她指的方向看过去，不远处周翰正和李薇一起走着。

"怎么会是她？"赵小乔有些疑惑地说道。

说起李薇，那可是当年我们那所高中的风云人物，一入校便稳坐校花的宝座，人美声甜。白色连衣裙下不知跪倒了多少少年，可她偏偏就看上了周翰。

不知道是不是我和赵小乔的目光太过热烈，周翰忽然回过头来，再见到我们的时候微微一怔，随即快步地走了过来。

"小雅，小乔，你们怎么在这？"

"约会被我们抓个正着还不开心呀。"

赵小乔的语气尖锐的就像是玫瑰花上的刺，我拉了她一下示意她不要多事，说道："之前去洁妮那里了，刚准备走。"

"这样啊。"周翰恍然大悟，问道："洁妮她还好吗？我之前听项阳说了，可碰巧有事情要忙就没去看她。"

"还好吧，现在项阳在陪着她。"

我的话音刚落，赵小乔便接了茬。"有事要忙？不会就是跟李薇一起约会吧。"

我看见周翰的眉头微微地皱起，"小乔，我跟李薇不是你想象的那种关系。"

"我怎么想了？"赵小乔不服气地看向他，嘴里狠狠地骂道："你们男的都一个样子，我看你跟项阳玩一起也学得跟他一样了。还好弥雅有喜欢的人了，不然我还真不忍心看着她往火坑里跳。"

赵小乔的话锋一转将我推到了风口浪尖，我看见周翰的视线快速地转移到我的身上，略微心急地问道："小雅，赵小乔说的是真的吗？"

"啊。"我脑子里空白了三秒，随即有些尴尬地回道："赵小乔的话你也敢相信啊。"

许是赵小乔在我们之前说话的可信度太低，我看见周翰只是皱着眉没说话，碰巧一辆计程车过来，我拦下便坐了上去。

"小乔，我先回学校了，有空再见。"

从窗口探出脸，我打了个招呼便催促着司机赶紧带我离开这个是非之地。

02

不知道是不是在意起了赵小乔那天说的话，周翰开始频繁地出现在我的周围。他会到我的宿舍来找我，拉着我一块去食堂吃饭。而学校内的公开课上，我也是总能见到外校的他。

这么下来，我甚至连上课都不想去了。而好在这样被人监视的折磨并没有维持很长的时间，周翰在找了我几天后似乎有事要忙，跟我打了声招呼便又消失了。

而对于他的离开，我几乎是感动得要去烧香拜佛。

每个周五都是外联部例行开会的日子。

当我刚走进办公室便看见傅思齐低着头看资料的样子，光线温柔地打在了他的身上，温暖的就像是一幅画。

身后有人拍了拍我的肩膀，"弥雅，赶紧去坐好。"

我一惊，而傅思齐的视线也落到了我的身上，冲着我微微一笑。

"我相信大家都知道我们外联部主要的任务是什么。再过段时间学校的运动会要开始了，我希望大家能够在最短的时间内筹集到运动会所需的物资……"

部长滔滔不绝的发言我越听越远，只能够看见傅思齐白衬衫的袖角在我的视线里渐渐失焦。

正当我神游太空的时候，旁边的人捣了捣我的胳膊，小声地提醒道："弥雅，部长喊你呢。"

心上一慌，我几乎是下意识地就站了起来。而见到我的反应这么激烈，所有人都忍不住地笑了出来。我脸微微地红了起来，坐也不是站也不是。

这时候部长捂着嘴，开口道："弥雅，你先坐下。"

看我坐好了，她接着对我说道："这次运动会的食物方面我希望能由你跟傅思齐负责。我知道你们俩刚进外联部就让你们出去拉赞助有点儿难，但是人总是要适应下生活的节奏。"

跟傅思齐一起？

部长的话让我再次吃了一惊。早已经搞清楚自己的内心，我不确定自己是不是真的能够跟傅思齐共事，毕竟我更在意他。

万一到时候我犯了什么差错怎么办？

思及此，我有些试探地问道："就我和傅思齐两个人吗？"

"嗯，最近大家的事情都比较多，能空下来的就你跟傅思齐了。"部长冲我笑了笑，说道："别担心，我相信思齐会照顾好你的。"

部长的意思我懂了。大家都在忙，所以我根本不可能拒绝这件事。

秉着方便省事的原则，我和傅思齐商量后决定把运动员的食物定为快餐。既不耗时间，又不用跑到学校外面去。

虽然目标已定，可是实施起来多少还是有点儿困难。

我不擅长向别人寻求帮助，所以学生会的事情我没有告诉赵小乔他们。因为只要赵小乔知道了，她那个大嘴巴不出一会儿就能帮我宣传个遍，然后，身为本市赫赫有名的酒店大亨的儿子项阳则会迅速站出来帮我打点好一切。我并不希望这样。

本来我进入学生会的目的就是想锻炼一下自己的，如果什么事都让他们帮忙，那和以前又有什么区别呢。

我和傅思齐约好下午两点在校门口碰面。我到的时候他已经在那里等着我了，跟往常一样穿着白衬衫。

我发现，不管是他黑色的头发还是裸露在外的皮肤，都让我不可抑制地着迷。

"弥雅，你来了。"见我过来，他笑了笑。

"嗯，不好意思，让你等了这么久。"

"没什么，我也是刚到而已。"

经过昨天的讨论，我们决定先去学校隔了两条街的商业街探探路，那里有一家在这一片口碑很好的比萨店。

我们到的时候午餐时间已经过去，店内处于休息状态。柜台处没有人，我和傅思齐对望了一眼，喊道："有人在吗？"

而过了好一会儿才有个人从厨房里走出来。"喊什么喊，没看见外面挂着休息的牌子吗？"

说话的是个40多岁的女人，她紧皱着眉头，一脸生人勿进的样子。

"不好意思，是我们唐突了。"傅思齐礼貌地向她道了歉。

老板娘上下打量了我们俩好久才开口问道："有什么事吗？"

"是这样的，我们是隔壁C大的学生。最近我们学校要举办运动会，我想问下老板娘你有没有兴趣赞助我们的运动会。只要你提供那天我们运动会上所需要的比萨，我们将会在运动会场的外围拉上写着你的店名的横幅。"

傅思齐的话显然没有取得好的效果，老板娘听完显得更不耐烦了："我对这个没兴趣，你们快点儿出去，别妨碍我休息。"

老板娘一边说着，一边用手推我们。

傅思齐没有防备，被她推得趔趄着退了好几步。见状，我心里顿时冒出了一股无名怒火。

"你这人怎么这样啊，不会好好说话吗？"

一听我发火了，傅思齐马上伸手拉了拉我。"弥雅，我没事，我们走吧。"

"走什么走。"老板娘双手叉腰，"你们这些小孩子跑到我店里来拉赞助，我拒绝还不行了？"

说着，又冲我骂道："你这个小姑娘，看上去文文静静的，怎么脾气这么大？我就推你们了，不服你就报警啊，别在我店里撒野。"

我撸起袖子，准备和她好好理论一番，傅思齐却拖着我往外走："弥雅，你别惹事了。"

接着连连向老板娘道歉。

什么叫惹事？我这么做是为了谁啊。

心里一酸，我觉得我就快哭出来了。正当我扭头准备走的时候，傅思齐又拉住了我。

周围是空旷旷的街道，他的语气带着些无奈："弥雅，是我们来求人的。"

是啊，这道理我懂，可是看到你被推我就是火大。

只是这些话我要如何说出口，我又该怎么说出口。

我的沉默不语让傅思齐更加无奈了，他叹了口气，说道："我知道你委屈，可是在刚刚那种情况下，如果你贸然地和她发生冲突，吃亏的始终是你。"

他说："弥雅，我不想看见你受伤。"

傅思齐的话让我的心彻底的沦陷下去，就着他拉着我的手顺势抱了上去。那一瞬间他身体僵硬了起来，而他身上传来的香皂味却在我的鼻尖流连。

我想，也许傅思齐就是困住我的牢，让我挣脱不了。

赞助的事情虽然经过了这一段的插曲，但是终归还是顺利地完成了。只是我和傅思齐之间，多了一些暗流涌动。

不知道是不是我上次的行为太过霸道，几天下来，傅思齐除了必要的工作，根本不敢和我多说话。而我却总是忍不住想要靠近他。

赵小乔的电话打来的时候，我正在思考着该如何一举拿下傅思齐。这几

第二章
三人游

039

天我总是打扮得漂漂亮亮的在他面前晃悠，可他的眼睛里却根本注意不到我。

这样的情况让我变得很沮丧。

"弥雅，出来跟姐吃个饭吧。"

我看了一眼正在专心做事的傅思齐，看样子我今天是没机会和他说话了，便答应了下来。

我去的时候赵小乔已经到了，桌子上已经上满了菜。

见我出现，赵小乔站了起来打量了好久，不怀好意地笑了出来。

"来，弥雅，跟姐说说你最近怎么了，穿这么风骚给谁看呢？"

赵小乔的话让我有点儿窘迫，随即窘迫又转化成了担忧，万一傅思齐也觉得我穿得太刻意了呢？

想到这，我忍不住问赵小乔："我的衣服真的不合适吗？"

"没有，我只是开个玩笑。"见我这么紧张，赵小乔又多看了几眼，"还不错，挺适合你的。"

我还是有些不放心，再一次确认道："真的吗？"

"真的真的。"赵小乔被问得有些不耐烦了，拿起筷子夹了块红烧肉放进嘴里，含糊不清地说："别想了，快点儿吃，我喊你出来又不是为了讨论你穿得好不好看的。"

饭后，我摸着圆滚滚的肚子坐在沙发上打着嗝。

赵小乔突然说："对了，项阳说要给洁妮办个惊喜派对。你也知道洁妮家最近发生的事情，碰巧她最近生日就要到了，正好趁这个机会让她开心点儿。"

"这很好啊。"我点着头表示赞同。

"听到你这么说我就放心了。"赵小乔看了我一眼，抛下了个重磅消息，"项阳让我求你帮他拟个人员名单，这顿饭我已经算在他头上，你拒绝也没用了。"

赵小乔的话让我哭笑不得。

不过看到项阳对于洁妮的事情这么上心，我多少还是有些心生羡慕。

毕竟，被宝贝的滋味不是谁都可以轻易得到的。

再回到学校已经是傍晚了，回宿舍的路是要经过操场的。我低着头看着手机想着该邀请哪些人出席，一个没留意便被人撞了下。

"对不起对不起。"

抬起头道了个歉，在得到对方谅解的回应时顺便四下看了看。不远处的篮球场上恰好有人在举行比赛，欢呼声和加油声不绝于耳。

喜欢上一个人，你总是会轻而易举地在人群里发现他。

那穿着11号球衣的少年，正是傅思齐。

正当我犹豫着要不要过去时，裁判的一声哨铃，比赛进入休息阶段。

我看见傅思齐走了下去，而不过半秒黄蓉小跑到了他的身边递给他矿泉

水和毛巾。

夕阳忽然就变得像正午的太阳一样刺眼，眼里面是那两个人相视而笑的画面。

多么般配的两个人啊。

只是为什么，为什么胸口处会这么疼。

03

我从来没想过赵小乔会有一天来找我是因为傅思齐的事情，看着她一张一合喋喋不休的嘴巴，我忽然脑袋就放了空。

似乎是见我不在状态，她伸过手来拍了我一下，怒嗔道："弥雅你到底有没有在听我说话。"

"啊，有在听。"我回过神看向她，问道，"你找傅思齐干什么？"

"我刚不是说了，你到底有没有认真在听我说话。"赵小乔显然是不满意我无视她之前所说的话，好看的眉毛皱了皱，有些嗔怪地说道，"就前两天我骑车回家的时候中途掉链子了，正好碰上傅思齐，他顺手就帮我把车修好了。我看那时候他衣服上别着你们学校的校徽，就想着找你打听一下。"

"弥雅，我现在才发现原来也有跟周翰、项阳不一样的男生。你都不知道，当时他卷起袖子来帮我修东西的时候我真觉得像是天神下凡。啧啧，直到现在我一想起来心还怦怦直跳。"

赵小乔的表情十分兴奋，我想象着傅思齐帮她修理自行车的画面，不由地觉得有些暖心。

没注意到我的失常，赵小乔接着说道："这种长得帅又实用的男生现在还真是不多了，我真觉得自己已经春心荡漾了。真想知道他现在还是不是单身，有没有女朋友？"

她略带夸张的语调让我有种做贼心虚的紧张。

是啊，像傅思齐这样的男生，怎么会让人不喜欢。

脑袋里忽然出现了前几天在操场看到的那一幕，喜欢他的人那么多，更何况在他的身边还有个青梅竹马、两小无猜的蓉妹妹。

一想到这里，刚才还澎湃的心瞬间便跌至谷底。

我有些泛酸地冲着赵小乔说道："是啊，像你说得这么好的男人说不定早就有女朋友了。"

"啊，不是吧。"赵小乔显然有些失望，但是很快地又振作了起来。"不能想这些有的没的，先找到他才算比较重要。"

说完便抛下我先走开了，而我站在原地好一会儿回不过神来。

再见到傅思齐也是在部门里。

下午赵小乔的那一番话让我的危机感更重，我深刻地明白，如果我再不努力的话，最后只能够是看着他和黄蓉卿卿我我的配角命。

在开完部门会议后，我查看了下自己的装扮，把唇角拉到一个最适合微笑的角度，我朝傅思齐走了过去，绞着手指头不好意思地问道："傅思齐，你这个周末有空吗？"

天知道这句话花费了我多大的勇气，约男生出去这件事我从小到大也就干过这么一回。

话刚说完，我的眼睛便一瞬不瞬地紧紧盯住了他。

可能是我的眼神太过炙热，傅思齐有些紧张地站直了身体。好一会儿才有些歉疚地说道："不好意思啊，弥雅，这个周末我有事情要忙。"

"这样啊。"我有些失望，随即又拾起笑容，"没关系，下次有空的话再约吧。"

"嗯，行。"

短暂的插曲后，傅思齐便离开了部门办公室。

我收拾好自己的东西，不禁拿出手机打开前置镜头。

手机屏幕上出现的那个女生有着白皙的皮肤，还有一双还算好看的眼睛。

我皱了皱眉，她也皱了皱眉。

看着手机上的自己，也没丑到让人一口就回绝的地步啊，我有些难过地想着，心烦地把手机放回包里。

难道这个周末傅思齐是要去和黄蓉约会？

一个猜测不禁涌上心头，让我整个人都失落了起来。

赵小乔再出现在我们学校的时候我已经见怪不怪了，跟上一次一样，她来这里是为了傅思齐。

先前由于我太紧张的缘故，忽略了太多细节。

如今细细想起，她当时害羞的表情，不就和怀揣着爱慕之心的少女一样吗？

我想了想，还是忍不住向赵小乔确认道："小乔，你这么大动干戈地找傅思齐，该不会是……"

我本以为赵小乔会否认，然而她却露出一个笑容，大方地承认道："没错，我就是喜欢上他了。正所谓'窈窕君子，淑女好逑'，只要他一天没有女朋友我都是有机会的。这么优秀的男生，如果我白白放过岂不是太可惜了？"

和赵小乔相识这么多年，我从来没想过有一天我会跟她喜欢上同一个男孩子。

原本还明亮着的心，一瞬间像是坠入了深海里。

赵小乔没注意到我的异常，挽过我的手，问道："你和傅思齐好歹是一个系的，你知不知道他现在在哪里啊？"

她不了解我此刻内心的慌乱，我用尽了力气想要平复住那种心情，最后却只能够苦笑着说："我怎么可能知道他在哪里。"

"啊，那我不是白来了一趟。"

赵小乔哭丧着脸说道。

她的话音刚落，原本在一旁趴着的林漠漠忽然开口说道："你找傅思齐？我刚看见他好像往球场那边走了。"

林漠漠的回答就像是给赵小乔打了一剂强心针，她立马又恢复了生气，拉着我蹦蹦跳跳地往操场走去。

一路上，我的心都像是蒙上了一层霾，而赵小乔显然没有注意到我的不对劲，还在兴奋地和我说着等会儿见到傅思齐她要说些什么话。

跟上次见到的一样。

刚到球场附近，我便看见黄蓉等在了那里，而穿着11号球衣的依旧是我所喜爱的那个傅思齐。

半场后，一见到傅思齐走下来，赵小乔便拉着我跑了过去。

看到我们，傅思齐拧瓶盖的手停住了，他对我笑了笑，打招呼道："弥雅。"

我点了点头，还没来得及说些什么，只见赵小乔兴奋地对傅思齐说道："你还记得我吗？我是赵小乔。"

傅思齐微微皱了下眉，好一会儿后，似乎是想起了什么，他松开了眉头笑着说道："是你啊。你也是我们学校的学生吗？"

"我不是啊。"

赵小乔对于傅思齐还记得自己的这件事感到特别兴奋，她咧开嘴，笑着说道："我是弥雅的朋友，路过这里，碰巧看到你就过来打个招呼。"

赵小乔的热情很难让人相信她话里的真实度。

不过这边傅思齐还没来得及说些什么，黄蓉便插了一脚进来，她看上去显然有些不开心，她催促道："思齐，你上场的时间到了。"

"哦，是啊。"傅思齐看了一眼已经回到场上的球员，对我们说道："有空再聊。"

"嗯。"

虽然傅思齐已经走远了，赵小乔的视线还紧紧地黏在他的身上。

"哼，真是不要脸。"

黄蓉突兀的声音显得格外不和谐，我转过头看向她，却发现她正面向着球场。

赵小乔也听到了她说的话，转过脸来冲着她问道："你说谁呢？"

"说谁你心里有数。"黄蓉也把脸转了过来，"身为一个女孩子，一点儿矜持都没有。"

"我有没有矜持关你什么事？"赵小乔的脸色一变，忍不住开口骂道。

没想到赵小乔这么泼辣，黄蓉的脸色白了白，好一会儿才跺了跺脚，不满地说道："你来烦思齐就是不行。"

"他是你男朋友还是怎么的，用得着你这么操心吗？"赵小乔白了她一眼，冷笑道："我还就爱来烦他了。"

"你……"

黄蓉被她气得说不出话来，脸色白了又白。为了避免赵小乔再说出什么刺激到黄蓉，我不得不拖着她离开了球场。

回去的路上她一直愤愤不平地说着黄蓉，而我却只能够默默不语。

赵小乔对于傅思齐的喜欢表现的太过于明显了，如果她真的要开始追傅思齐的话那么我又该怎么办？

放弃傅思齐？

这个念头仅仅刚出现在我的脑子里便造成了心口一阵难以言喻的疼痛。

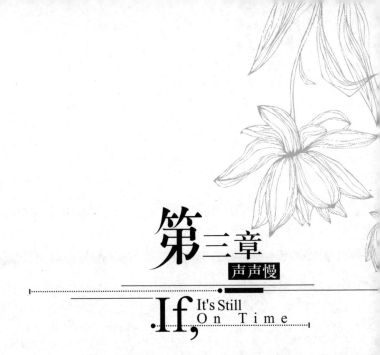

第三章

声声慢

If, It's Still
On Time

01

"我听说最近有个外校的一直在追我们金融系的资优生啊。"

"是啊，那姑娘我见过几次，风风火火的，人倒是长得挺漂亮的。"

"人漂亮有什么用啊，这个世界又不是光看脸的。再说了，你看傅思齐旁边的那个黄蓉，人家也长得娇小可爱的，况且听说还跟他青梅竹马从小一起长大的。"

周围断断续续的交谈声传了过来，林漠漠用手肘戳了戳我，说道："她们说的那个该不会是你的那个朋友吧，我都好几次在回宿舍的路上碰见她去找傅思齐了。"

我有些心烦意乱，没有回答林漠漠的问题。

这段时间赵小乔几乎是天天往我们学校跑。有时候会来找我说说话，但是更多的时候是去找傅思齐。

我不知道他们进展到了哪一步，只能从赵小乔的嘴里听个大概。

比如傅思齐请她在食堂吃了饭，她给傅思齐买了水，黄蓉对她恨得牙痒痒之类的。

而这一切，我只能够装作一个旁观者。

例会结束后，在收拾东西的时候我显得有些心不在焉，直到资料从桌子上掉落的时候才被狠狠地吓了一跳。林漠漠走过来帮我捡好地上的文件，有些担心地问道："弥雅你是不是哪里不舒服啊，这一整天都频频走神。"

"没……没事儿。"

我的话音刚落，傅思齐从外面走了进来。见我和林漠漠在，打了个招呼说道："怎么就你们两个人啊，他们都去哪里了？"

"部长被他们班导拉去开会了，其他人也都有自己的事情要忙，基本上过来一下子就走了。"林漠漠耸了耸肩说道，"我也得走了，再晚点儿可赶不上第二食堂的红烧肉了。"

说罢，她拿过放在办公桌上的包，说了句"拜拜"便离开了。

一时间，整间办公室只剩下我和傅思齐两个人。我有些尴尬地收拾起手上的东西，而他也像是没什么好在意的一样忙起了自己的事情。

今天赵小乔似乎没有过来，就连短信都没有给我发上一条。

我掏出手机看了看时间，又这边忙一下那边弄一下的，好半天也不知道该说些什么。只是如果现在就走，我多少有点儿不甘心。

而不知道到底是过了多久，傅思齐突然开口问道："弥雅，一块走吗？"

对于他的邀请，我忙不迭地答应了。

路上，我假装不经意地问："赵小乔今天没来找你玩吗？"

"嗯，好像是她那边有点儿事情要忙。"

他的回答并没有多少线索可寻，我犹豫了一下，又问："你觉得她这个人怎么样？"

"还不错啊。"傅思齐想了一下，说道："开朗、大方，还很热情。"

这样的答案让我的心缓缓地沉了下去。这么说来，是不是对于赵小乔他也是很有好感。抱着早死早超生的想法，我再次问道："那你是喜欢上她了？"

"喜欢？"傅思齐被我的话吓了一跳，好一会儿才恢复过来笑了笑说道："喜欢一个人怎么可能这么快。"

"那黄蓉呢？她跟你认识这么长时间了，也满足你的条件。"

话一说出来我便后悔了，既然赵小乔跟他没有什么我也不该再这么的去窥探他的隐私。还好傅思齐也没想太多，他看了我一眼，说道："蓉蓉只是我的妹妹。我大学时期是不会交女朋友的，我还什么都没有，凭什么让女孩子跟着我受委屈呢。"

他的回答倒是超出我的预料，只是那么坚定的口气让我多少觉得有些难过。不谈女朋友，是不是代表着我这4年根本就没有机会。

也许是被心酸蒙住了眼，我几乎是脱口而出地问道："如果有人不介意你的家世，不介意陪着你吃苦，那么你会不会愿意为了她改变自己的规则。"

大概是我看着他的目光太过于期待，傅思齐有些尴尬地转过脸。

好一会儿才给了我一个模棱两可的回答。

他说："可能吧。"

洁妮的生日派对是在项阳家的私人游艇上举行的，按照宴会的名单几乎
所有高中时代玩的较好的同学都出席了。

洁妮对于这次的生日派对显然感到十分惊喜，当下便给了项阳一个香
吻。一时间，起哄声、口哨声不绝于耳。

我笑了笑，拿了杯香槟走了出去。

游艇已经缓缓地驶入了大海，靠在栏杆上，迎面而来的是幽凉的海风。
这城市，终究是让我喜欢的。

我眯上眼，享受着难得的一份宁静。

而再睁开眼睛是被熙熙攘攘的声音吵到，甲板上已经聚集起了人群。四
周响起优雅的钢琴声，有服务员端着盘子来回地走动。

来往的男女开始挽起手跳起华尔兹。

周翰走到我的面前，绅士地伸出手来说道："美丽的小姐，不知道有没
有机会邀请你跳一支舞。"

可能是这样的场景，这样的夜晚太难让人抗拒，我笑了笑就把手递给了
他。而在进入舞池的那一刻，我看见了不远处端着盘子礼貌点头的傅思齐。

胸口像是忽然被什么撞了一下，就连舞步都跳错了。

一曲下来，我整个人都懵了神。脑海里上一次在街边看到他发传单的场

景又浮现了出来，我猜想着他是不是有了什么困难，心下一时间觉得有些难过。

不再理会周翰在耳边的说话声，我下意识的就把目光放在人群里，想要去找傅思齐。可是不管我再怎么看，他都没再出现。

我甚至怀疑，刚才看到的那个他是不是我的错觉。

"嘭——"

烟花炸开的声音响在耳边，我抬起头就看见映在天空里的烟火。它们划出一个灿烂的弧度，最后掉落深海里。周围开始有欢呼声，不远处项阳低下头亲吻了洁妮。

一切，美好的就像是童话。

心里好像是有什么东西快要破土而出，我翻开手袋，拿出里面的手机。趁着周翰正在起哄，悄悄地跑回船舱里拨通了傅思齐的电话。

这个号码，是之前我偷偷地从部门名单上记下的，没想到会在现在拨出去。

电话响了两声便被人接起，傅思齐的一个"你好"刚落下我便急急地问道："你在哪？是不是在游艇上？"

"弥雅？"他显得有些惊讶，但是很快的反应过来，"我在船舱内的休息室。"

如果我是个骑士，那么傅思齐一定是被关在城堡内的公主。我拿着刀，一路披荆斩棘的只为了见到他。

外面似乎依旧还有烟花爆裂的声音，我的心却像是这漂流在海面上的船一样七上八下。这种惴惴不安，在到休息室门口的时候表现得更甚。

可是我就是我，不撞南墙根本不会回头。

把门推开，就看见傅思齐穿着黑色的制服站在里面，灯光昏黄地打在他的眼角眉梢，美好的就像是一幅画。

"弥雅，你找我有什么事吗？"

而他的话音刚落，我便走到了他的面前踮起脚尖吻住他好看的唇。

那一刻，我似乎看见了周围盛开着的烟花。

02

那场生日派对之后，再遇到傅思齐他总是低着头回避我。这样的事情发生的多了，我开始变得沮丧起来。那一天我大概是真的被刺激到了，才会对他做出那么出格的事情。那时候我以为会得到一个明确的回答，不管是喜欢还是拒绝我全都能够接受。只是没想到那时候傅思齐只是说了一句"你喝多了"便把我丢在了那里，而这几天也总是在碰到我的时候扭头就走。

这样不清不楚的态度就像是在我心上挠痒痒的猫爪子，我觉得自己都快要被折磨疯了。

"你到底是怎么想的？"终于我还是没忍住，在开完会后拦住了正准备出去的傅思齐。

周围是还没全部散去的学生会成员，在看见我们的时候微微停下了脚步，有好事者嫌事情闹得不够大，吹了个口哨调侃道："思齐你到底干了什么事得罪了弥雅啊。"

我看见傅思齐的脸色红了下，随即转过脸去白了好事者一眼。"闭嘴，不许多事。"

话音刚落我就觉得手腕处被人拉住，紧接着傅思齐带着我离开了那里。手腕处传来的温度让我的血液都变得沸腾起来，他拉着我一直走到没人的地方才丢开我的手说道："弥雅，我以为那天你只是喝醉了。"

"不，我一直都很清醒。"我看着他的眼睛，那如墨的深眸让我沉沦，"我喜欢你，不知道从什么时候开始，我就喜欢上了你，喜欢得快要发疯了。"

我突如其来的告白让他吃了一惊，好一会儿他才无奈地开口说道："你知道的，我大学时期是不准备谈恋爱的。"

这样的回答是在我的预料之内。虽然胸口处疼了一下，但是很快的我便调整了过来，对着他笑道："没关系，我会等你。"

我会等你，不管是多久。

这场告白，虽然没有迎来惊喜，但是大致上也并不算亏。既然已经表明了心迹，我便彻底地把死皮赖脸进行到底了。

每天下课后等他，成了他班级门口的常事。一切好玩的、有趣的，我都想要第一时间跟他分享。而对于我这样狂热的攻势，他虽然有些无奈但终究还是没有多说什么。

我对傅思齐的喜欢，似乎在短短几天内变成了全校众所周知的事情。而赵小乔那边最近因为私事也鲜少露面，我想或许她对于傅思齐只不过是一时兴起而已。

把手机放回包里，刚准备推开办公室门就听见里面传来的声音。原本我不该做个偷听者，但是却在听到我的名字时把手停在了把手上。

是黄蓉清脆的声音。

她说："思齐，那个弥雅根本不是什么好女孩子。上次你送我回宿舍也看到了，她明明就是有男朋友的。她说她喜欢你，一定不是真的。"

黄蓉的诋毁让我有些不高兴，而更想要听到傅思齐回答的我却还是选择了留在外面。可是等了好久，里面除了黄蓉越说越带劲的声音并没有半分回应。

那一瞬间，失望不断地涌出，我推开门便走了进去。

我的出现让黄蓉的话哽在喉咙里，她的表情是被人抓到的尴尬。我看向她，眼神凌厉地问道："你说完了吗？"

黄蓉虽然嘴巴坏，但是终归还是有羞耻心。见我这么一说，当下脸色苍白，逃也似的跑出了学生会。而那边，傅思齐在见到我出现后就一直保持着一个我看不懂的表情。

很多时候，我都觉得我和傅思齐是两个世界的人。我喜形于色，而他什么事情都是藏在心里的。我努力地想要猜测他的心理，却总是把自己磕的一身伤。

想到这里，我难免有些绝望。

大概喜欢一个人的心情就是这么的患得患失，我走到他的面前，有些难过的开口问道："黄蓉的话，你信吗？"

我看见他的手抬了抬，正当我以为他会温柔地抚过我的脸时却又在半空中落了下来。而最后他只是轻轻地叹了口气，说道："蓉蓉只是小孩子脾气，心眼不坏的，你别怪她。"

黄蓉，又是黄蓉。

这样的回答让我心上一寒，几乎是跟跄地走了出去。

赵小乔再出现在我们学校的时候已经是三天后的事情，她拉着我的手有些着急地打听道："我这刚到你们学校就听说最近有人追傅思齐追得比我还勤快，弥雅你天天在这里，快告诉我是谁，看本小姐不去剁了她。"

我看着她就像是在看自己一样。

"是我。"

"什么？"

赵小乔有点儿没反应过来。

我再次说道："追傅思齐的那个人是我。"

沉默了一会儿，赵小乔推了我一下，骂道："弥雅，你怎么可以喜欢傅思齐？"

"我为什么不能喜欢他？"我看向她，毫不退却，"我认识他比你早，喜欢他也比你早。你告诉我，为什么我不能喜欢他？"

没想到我会这样说，赵小乔愣住了，有些幽怨地说："可你都没有告诉我。"

"我什么时候喜欢他的我自己都搞不清楚，我要怎么告诉你？"我苦笑道，"等我发现我喜欢他的时候，你已经开始追他了。如果那时候我告诉你我也喜欢傅思齐，你会怎么做？"

我的话让她陷入了沉思，好一会儿她的目光才又变得清澈起来："弥雅，就算你是我最好的朋友，对于喜欢的人我也是不会退让的。"

这就是赵小乔，对于自己想要的东西从来不懂得退让。

"我跟你一样。"我看向她，坚定地说道："对于傅思齐，我也是不会放手的。"

03

周翰的短信一条条安静地躺在收信箱内。这些日子以来他约了我几次，都被我给挡了回去。喜欢傅思齐这件事让我很想要跟他说清楚，只是每次一想到他那个性格我就害怕说出口后会对傅思齐造成不好的影响。

我能躲则躲的态度让周翰不耐烦了，终于，他忍不住来学校堵我。而对于他的出现，我也没有太大的惊讶。

毕竟这就是周翰一贯的风格。

他伸出手来想要拉我，被我不着痕迹地避开。对于我的躲避，他显得有些恼怒。

他不说话，我也不开口。

我们两个站在教室门口，就这么对峙着，周围开始断断续续地发出议论声。终于，周翰沉下脸来，强硬地拉过我的手便往外走。

我尝试着挣脱，挣扎了几下却无果，终于忍不住开口说道："周翰，你放开我！"

我一出声，周围的议论声更多了。这些日子对于傅思齐的追逐本来就把我推到了风口浪尖，如今周翰的出现更让我增加了不少知名度。

然而对于我的话，他充耳不闻，依旧不肯放手。

就当我犹豫着要不要大叫出声的时候，傅思齐忽然出现在了周翰的前面，挡住了他的去路。他看了眼周翰，又看了眼一脸不情愿的我，忽然开口说道："弥雅，部长下午不是交代过让你做运动会上要用的海报吗？你怎么还在这里？"

我明白傅思齐是想帮我解围，我连声答应，让周翰放手，可周翰却像没听见一样，依旧紧紧地抓着我的手不放。

"让开。"周翰有些烦躁地看向傅思齐。

傅思齐定定地站在那里没动，目光滑过周翰停留在我身上，说道："我等你一块去学生会办公室。"

傅思齐的态度让周翰有些恼怒，他放开我的手一把推开傅思齐："我说让你让开你听不见吗？弥雅现在没空去学生会，要去你自己去，别在这里挡路。"

似乎是没想过周翰会伸手推他，傅思齐倒退了两三步才站稳，依旧是不卑不亢地说道："弥雅不想跟你走。"

傅思齐的话让周翰恼羞成怒了，他一拳朝傅思齐脸上打去，而没有防备的傅思齐被打得脚下一个趔趄，差点儿摔倒。

瞬间，原来还在看着热闹的人群里传来了尖叫声。

傅思齐转过脸，看向周翰的眼神依然一片坚定，他再次说道："弥雅不想跟你走。"

一瞬间，有一股暖流从我心里涌过。

我几乎是下意识地挡在傅思齐前面，有些难堪地对周翰说道："你能不能别闹了？你不在这里上学可是我在，你这么闹我以后还怎么做人？"

我护着傅思齐的态度让周翰的脸色一阵青一阵白，见他不说话，我回过头问傅思齐："怎么样，疼不疼，要不要去医务室？"

傅思齐摇了摇头。

当我准备和傅思齐一起离开的时候，周翰又冲了过来，只是这一次，他的拳头在半空中被拦截了下来。

"你是弥雅的朋友，我不希望闹得太不愉快。"

傅思齐慢慢地放下接住周翰拳头的手，可这个时候的周翰根本什么都听不进去，又捏紧了拳头向傅思齐打过去。

顿时，他们两个扭打在了一起，凭我一个人根本没有办法将他们分开。

周围看热闹的人越来越多，看着打得难舍难分的两个人，我急得不行，

忍不住对看热闹的人喊道："有什么好看的，帮忙拉下架啊！"

我的话并没有得到任何回应。不知道打了多久，终于有男生站出来拉架了。

好不容易把他们两个拉开，这时，黄蓉不知道从哪里冲了出来。

"思齐，你怎么样，有没有哪里不舒服？"她的眉头紧紧皱着，小心翼翼地扶起傅思齐。

我原本想走过去的脚就那么杵在了原地，原本担忧的心渐渐地转化成了自责，如果不是为了帮我，傅思齐也不会受这么重的伤。

看着另一边捂着手的周翰，我想了想还是走过去问道："你没事吧？"

"还行吧。"

"要去医院吗？"

他动了动手腕，苦笑着说："大概吧。"

那边，黄蓉扶着傅思齐走了，走的时候黄蓉狠狠地瞪了我一眼，而傅思齐没有再说过一句话。

如果黄蓉没有出现的话，是不是现在扶着他的那个人会是我？

周翰的手没什么大碍，从医院出来的时候，他一脸正色地问我："刚才那个男生是谁？"

我本来心里就有点儿烦躁，他这么一问我觉得更烦了，语气自然冷了下来："他是谁跟你有什么关系？"

我的话让周翰微微一怔，过了一会儿他才说："我是为你好。"

"真为了我好刚才就不该让我那么难堪。"我看向他，无奈地说道："周翰，你并不是我的什么人，我的事情你不要管。"

周翰没说话。

周翰这个人我太了解了，被从小宠到大的人，对于自己想要的东西有着比常人更多的执念。

想到这一点，我平复了下心情，解释道："那个人只是我的同学，你闹成这样我以后还怎么面对人家。"

见我主动解释与傅思齐的关系，周翰狐疑地看着我："真的只是同学？"

"真的。"

目前，我和傅思齐确实只是同学而已。

我拿着药膏去找傅思齐，看到我的时候他并没有太意外，表情很平静。

昨天的事情不知道他会怎么想，我心里胡乱地猜测着，把手上的药膏递给他："医生说这种药膏治外伤很好。"

傅思齐的手依旧放在双腿边，紧抿着嘴唇，一言不发。

我低下头，满怀愧疚地说道："昨天的事真是对不起，我没想到我朋友会那么冲动。"

我的道歉还是没有得到任何回应，傅思齐依旧保持着刚才的姿势，一动不动。

我倔强地看着他，想要得到他的回应。

过了好一会儿，他才一脸正色地说道："弥雅，这样的事情我不希望再有下一次了。"

我下意识地问："你这是在吃醋吗？"

我的问题让傅思齐脸色一变，不出半秒便脸红得像一颗熟透的西红柿。

"你……你不要胡说。"

他结结巴巴地回答让我的心情莫名地好了起来，这种奇妙的感觉就像是溺水的人得到了救生圈。

也许，他也是喜欢我的。

这样的猜测让我开心得几乎要跳起来了。

第四章

执手欢

If, It's Still On Time

01

我没想过洁妮会主动打电话约我出去，在我的印象中她一直都扮演着被邀请的角色，几乎从来没有主动发起过邀约。

我想大概是因为我和赵小乔都喜欢上傅思齐的事情吧。

一直以来，我们3个的关系十分要好。小打小闹是有的，但是真正撕破脸吵架却是从来没有的。

现在我和赵小乔喜欢上同一个男生，洁妮肯定是知道了，约我出去多少有点儿想劝退的意思。

我不知道她是怎么跟赵小乔说的，我只知道我对傅思齐的心意是不会变的。

我到约定的餐厅时只有洁妮一个人在那里，赵小乔不在。见我来了，洁妮笑了笑，语气一如往常："小雅，这里的布朗尼很好吃，我已经给你点了一份了。"

我笑着说了声"谢谢"便坐了下来，我们两个聊了聊学校里最近的趣事，谁也没有开口提傅思齐的事情。

终于，洁妮问道："小雅，你和小乔最近是怎么回事啊？"

"没什么啊，不就像以前一样吗？"我淡淡地答道。

"我听小乔说她喜欢上了一个你们学校的男生，后来再问她的时候她告诉我你也喜欢那个男生。"洁妮有些犹豫地说，"弥雅，我以为这样的事情不会在我们之间发生的。"

喜欢上同一个男生，原本完好无缺的友谊开始产生裂缝，最后完全破裂。

见我没说话，洁妮又说道："赵小乔说你们是公平竞争，不存在我担心的问题。只是弥雅，最后事情会变成什么样，我们谁也不知道。"

洁妮的话像针一样刺在我心上，我故作镇定地笑着说道："洁妮，你别多想了，我、赵小乔还有你，我们永远都是最好的朋友。"

洁妮看了我好久，终于开口说道："但愿吧。"

项阳是在我们吃到一半的时候过来的，一进门便凑到洁妮的身边笑嘻嘻地说："老婆大人，我来接你了。"

洁妮甜蜜地笑了笑，把放在旁边的包拿过去给他腾出位置。

项阳坐下来便对我说道："小雅，我听说最近你和赵小乔在追同一个男生，是吗？"

闻言，我有点儿无奈，没好气地说："你们怎么一个个全都知道这个事

了。"

"谁让你是我兄弟喜欢的女生又是我老婆的好姐妹呢，不关注点儿怎么行。"说着，项阳收起了嬉皮笑脸，正色道："弥雅，别说我没提醒你，前段时间阿翰已经找人去调查了那个傅什么的背景。你也知道阿翰这个人，他会做什么我也不知道。"

项阳的话就像一颗惊雷，瞬间在我心里引爆。

我正想着该怎么办，手机的短信声响了起来。我看了一眼桌子上的手机，我的手机屏幕是黑着的。

视线自然而然地转到洁妮那边，只见她拿起手机滑动了几下屏幕，原本笑意盈盈的脸一下僵了，她怒气冲冲地站起来，厉声问道："项阳，你到底还瞒着我什么？"

突如其来的变故让我没反应过来，那边项阳也是一脸茫然，无辜地问道："我怎么了啊？"

"呵呵，怎么了？"洁妮冷笑了一声，把手里的手机砸到他身上，"你自己看！"

项阳拿起手机看了看，脸色慌张起来。

他着急地说："洁妮，你相信我。"

"相信你？"洁妮笑得悲凉，"项阳，从我们在一起到现在，我相信了你多少次，你又背叛了我多少次？"

项阳顿时手足无措了起来。突然，项阳站起身来猛地跪下去，乞求道："洁妮，你就再相信我一次吧，我保证以后不会再让你伤心了。"

不知道过了多久，我看见洁妮缓缓地点了点头。

这场闹剧，最后还是以原谅收场。

我不知道到底要有多喜欢一个人才能够这么没有底线地选择原谅他一次又一次。

和洁妮分开后，我决定去找赵小乔好好谈一谈。毕竟这么多年的感情不是假的，如果以后真的为了傅思齐闹翻了那可怎么办。

赵小乔的家在离市区几十公里的半山腰上。那一带树木葱郁，空气新鲜，能住在那里的人非富即贵。

赵小乔家虽然富贵，但是赵小乔爸妈因为工作的关系长时间都生活在外地，平时照顾她生活起居的也只有一个管家王妈而已。

我到赵小乔家的时候，门是开着的，管家王妈也不知道去哪里了。

这里我来过很多次，所以即使没有人带着我也能知道赵小乔的房间在哪里。

刚走到赵小乔的房间门口，我就听见房间里传出说话声，我皱了皱眉，想着是不是来错了时候。

正犹豫着要不要敲门，又听到了周翰的声音："小乔，我们俩是从小玩

到大的，真没想到现在连你都瞒着我。"

过了好一会儿，我才听见赵小乔说道："周翰，不是我要瞒你。只是，弥雅喜欢谁是她的自由，你就这么去查傅思齐的底细是你不对。"

周翰查了傅思齐的底细？

虽然先前项阳提醒了我，可我没想到周翰真的能干出这种事情来。一瞬间，复杂的情绪从心里冒了出来，有难过还有自责。

周翰沉默了一会儿，说道："小乔，你帮帮我，我知道你也喜欢那个傅思齐，只要你能让弥雅回心转意，我就帮你追到傅思齐。"

赵小乔的声音显得有点儿惊讶："阿翰，你怎么可以这样？我和弥雅是朋友，之前我说好了要和她公平竞争的。我知道你很喜欢她，可是她想和谁在一起是她的自由，你不能这么卑鄙。"

"卑鄙？"周翰冷笑道，"赵小乔，谁都知道，我喜欢她那么久了，现在让我放手是不可能的。如果你不答应我，我保不准干出什么更卑鄙的事情来。"

周翰的话让我吓了一跳。

我知道周翰只要说出来就一定会做到的。我听见赵小乔气急败坏地骂了句"浑蛋"之后，我便匆匆离开了赵小乔家。

顺着山路往回走，我终于忍不住哭了起来。我不明白，为什么我连喜欢谁都要看别人的脸色。

这段时间，我的内心充满了对赵小乔的愧疚，承受着来自于周翰的压力以及傅思齐的躲闪对我造成的伤害，这些都让我疲惫不堪。我以为我能撑得住，可没想到，原来我并没有那么坚强。

刚才听到的那段对话就像是压死骆驼的最后一根稻草，瞬间把我压垮了。

回到宿舍，我把自己埋在被子里哭了好长一段时间。等我爬起来去洗漱的时候，发现我的两只眼睛已经肿得像核桃一样了。

宿舍门被人敲响的时候，我的心情还很低落。当我打开门，看清门外的人是傅思齐时，我愣住了。

"你哭了？"他的视线在我的脸上停留了一会儿，询问道。

"没……没有。"我回过神来，胡乱擦了擦脸，问道："你来找我有事吗？"

"今天周五，你没去开会，部长让我来看看你是不是有什么事情。"

他的回答淡淡的，不带一丝感情。我的心凉了半截，咬着牙不知道该说些什么。

我曾经想过，就算傅思齐的心是一块石头我都要将他捂热，可是现在，我的热情差不多快消失殆尽了。

沉默了一会儿，我开口问道："你最近是在躲我吗？"

"没有啊。"

他闪烁的眼神让我有些难过。

我苦笑道："傅思齐，如果你真的不喜欢我的话，就明确地告诉我吧。你不需要躲着我，如果你不喜欢我，我会自己消失的。"

他看向我的眼神闪了闪，好一会儿我才听到他清冽的声音："弥雅，你让我想想。"

02

那天在赵小乔家听到的一切就像是一颗定时炸弹，在我心里潜伏着。

赵小乔在消失了几天后又开始出现在我们学校，我不知道她和周翰后来还说了些什么，我也不是很想知道。

她没有来找过我，我听林漠漠说她是去找傅思齐了。说这话的时候，林漠漠看我的眼神里带了点儿可怜的味道。

是啊，原本要好的朋友因为喜欢上同一个人就要分崩离析了。

坐在教室里，书上的字我一个都没看进去。突然，外面传来了起哄的声音，林漠漠凑到窗户边往外面看了一眼，跑过来拉着我说道："走，弥雅，咱们也出去看看，好像发生了什么大事。"

站在走廊上往下一看，教学楼正前方的操场跑道上拉起了一条横幅——

"傅思齐，我喜欢你，做我男朋友吧！"

站在横幅旁边的不是赵小乔还有谁。

林漠漠有些尴尬地看向我，她没想到赵小乔会有这么大胆的行为。

我面无表情地看着赵小乔，周翰、项阳和洁妮都站在她旁边。

看来，赵小乔最后答应了和周翰的交易。我的心凉了凉，扯出一抹苦笑。

这时，傅思齐被隔壁班的人推搡了出来。

手中的手机震动了一下，是洁妮的信息："小雅，我看到你了，你先下来吧。"

我犹豫了几秒还是决定下去看看。

我刚走到操场，傅思齐便被人拉了过来。周围聚集了不少看热闹的人，赵小乔显得特别兴奋。

就像是电影里的画面，他们面对面地站着。

赵小乔扬起一个开朗的笑容，说道："傅思齐，我喜欢你很久了，你能不能做我的男朋友？"

虽然早就知道赵小乔对傅思齐的心意了，可是当她当着我的面对他表白的时候，我还是不可抑制地紧张起来。

万一，万一傅思齐接受了她，我该怎么办？

不安的心情让每一秒都变得缓慢起来，周围的一切都慢了下来，我屏住呼吸，等待着傅思齐的答案。

不知道到底过了多久，我终于听到了傅思齐的声音。

他说："不好意思，我现在不想谈感情的事。"

他的回答一如当初拒绝我时那样，我微微松了口气，却又莫名地觉得很难过。

起哄的人群安静了下来。

赵小乔的脸微微垂了下去，过了一会儿她又抬起头，露出一个明朗的笑容："没关系。既然你现在不想谈感情，那我就等到你想要谈感情的时候。"

"你不用这样做的。"傅思齐显得有些无奈。

"该怎么做是我自己的事情，只要我还喜欢你，我就不会放弃。"

赵小乔不撞南墙不回头的决心让周围发出了一阵唏嘘声。

傅思齐怔了怔，又开口说道："其实，我已经有喜欢的人了。"

傅思齐的话音刚落，赵小乔和我同时愣住了。

赵小乔的脸色难看极了，再也没办法笑出来；而我，胸口处就像破了一个洞，有风穿过，空荡得难受。

周翰走到赵小乔旁边，冷冷地说道："两个人在一起并不是光靠喜欢就可以的，有些人就该有点儿自知之明，我们家小乔也就吃亏在眼神不好这一点上了。"

周翰的话里带刺，现场的气氛冷了几分。

想起上次的事情，我不由得担心起了傅思齐。可是傅思齐毫不在意地笑了笑，对赵小乔说："你是个好女孩。只是喜欢这种事情真的是勉强不来的，谢谢你喜欢我，也希望你能够找到更适合你的那个人。"

说完，傅思齐看了我一眼便离开了，而那边赵小乔在看见他离开的背影后，眼眶便红了。原本还在项阳身边的洁妮一看这个情况，马上跑到赵小乔的身边安慰着。我站在原地，看着这一切就像是个陌生人。

而直到洁妮喊我，我才反应过来走过去轻声安慰赵小乔。

赵小乔哑着嗓子，泪眼汪汪地说道："弥雅，他已经有喜欢的人了。"

除了沉默，我根本找不到任何的言语。

KTV的大屏幕上正播放着一首情歌，茶几上东倒西歪着几个啤酒瓶。赵小乔拿着话筒，一首接一首地鬼哭狼嚎着。

我想或许我也应该像她一样一醉方休，可我喝的越多，脑子却越发清醒。我甚至能想起第一次见到傅思齐的那天，记得他唱的那首军歌是有多么的嘹亮。

不甘心从心底的某个角落里偷偷冒了出来，最后像潮水一样淹没了整颗心。

借着去上厕所的名义，我从包间里走了出去，走道里的香水味让我的脑袋快要炸开了。

去找他吧，问清楚也是好的。似乎有人一直在我耳边说着这句话，一声声地催促我去找傅思齐问清楚。

是啊，去找他吧。

这么想着，我走出了KTV。

当我站在傅思齐家所在的巷子口时，我不由得胆怯起来。

也许这就是喜欢一个人的心情吧，想见他，却又害怕他不想看到自己。

矛盾的情绪一次次在心里碰撞着，最后，我心一横，掏出手机给傅思齐发了一条短信："我在你家巷子口，你出来吧。"

我蹲在地上，抬起头，数着天上的星星，当我数到一百颗的时候，傅思齐逆着光朝我走了过来。

皎洁的月光照在他的身上，他就这么一步步地朝我走近。

终于，当他站定在我的面前，周围的一切都好像失去了声音。我抬起脸看着他，他低头看着我，在月光的衬托下英俊得不像话。

他说："你蹲在地上干吗？"

是啊，他都来了我干吗还要蹲在这里。

后知后觉的我准备站起来，却没想到腿已经蹲麻了，一个趔趄，往后倒去。

傅思齐的手紧紧地抓住了我。

"你怎么这么不小心。"

他宠溺的语气让我以为自己的耳朵生病了，半天都没回过神来。

见我不说话，傅思齐开口问道："你这么晚还来找我，是不是有什么要紧事？"

我回过神，有些紧张地咬住嘴唇，好一会儿才整理好情绪，小声问道："你下午说你有喜欢的人了，是不是真的？"

"你来找我就是为了这个？"

傅思齐定定地看着我。

我用力地点了点头。

他想了下，笑着说："是真的，我有喜欢的人了。"

难过像是潮水把我淹没，我努力平复着自己的心情，扯出一抹苦笑："原来真的不是拒绝赵小乔的说辞，我能不能问问你那个人是谁？"

许是我眼底的悲伤吓到了他，傅思齐看着我，好一会儿都没有说话。

算了，再追究他喜欢谁又有什么意义呢。

我往后退了一步，刚准备转身离开就被傅思齐拉住了。我不解地看着他，还没来得及发问就被他拉进了怀里。就在我抬头的瞬间，他的脸朝我靠了过来。

嘴唇上传来的柔软触感让我难以置信地瞪大了双眼，而眼前的那张脸又是那么清晰可见。

傅思齐，吻了我。

03

我和傅思齐的关系在这一天发生了天翻地覆地变化，一直到他牵着我的手送我到宿舍楼下的时候，我的心还不可抑制地颤抖着。

"进去吧。"他站在我家的门前说道。

"再等会儿。"

刚恋爱的两个人似乎不管再怎么黏在一起也不会觉得腻，我缠着傅思齐的手根本不想要放下。他好笑地看了我一眼说道："我之前没觉得你这么粘人啊。"

"哼，现在后悔可来不及了。"

我娇嗔了一声，他的笑意更加扩大。

"我可没后悔，你别乱想。"

这样温暖的场景我曾幻想过无数次，可是当它真正发生时我却觉得有点儿不真实，只能紧紧地抓着他的手，害怕地问道："思齐，告诉我，我们是不是真的在一起了。"

大概是感觉到了我的不安，他看向我正色道："是的，小雅，我喜欢你，我要跟你在一起。"

这样的情话听再多我也不会觉得腻。

看着他认真的样子我才放下心，依依不舍地和他道别。

一觉睡醒，我还沉浸在昨晚突如其来的惊喜之中。拿过手机想要给傅思齐打个电话就看见了信箱里的几条洁妮的留言，质问我昨晚为什么不辞而别。

思前想后我还是决定先给洁妮打一支强心针，短信反复编辑了好多次，我才发送了过去。

——洁妮，我和傅思齐在一起了。

不过几秒，她的电话便打了过来，未等我先开口她便问道："什么时候的事？怎么这么突然？小乔知道吗？"

"昨天晚上，小乔还不知道。"

挑了重点回答后，电话那头沉默了两秒。

洁妮沉声问道："这件事情你准备告诉小乔吗？"

"为什么不？"我想了想说道，"洁妮，可能你会觉得我现在告诉她不合适，但是你想想如果你是我的话，你会怎么做。现在不告诉她，等到她以后自己发现了质问我，我又该怎么跟她解释。"

我的话似乎被她听了进去，好一会儿她才开了口。

"你准备什么时候跟她说？"

"就这几天吧。你也知道她昨天的心情那么差，我准备等这几天她平复一点儿了就告诉她。"我顿了下，接着说道："洁妮，不管是你还是小乔都是我最重要的朋友，我不希望一切会因为这件事有所改变。"

倘若，来得及

If, It's Still On Time

"嗯，我懂。"

我和傅思齐在一起的事情除了洁妮并没有告诉别人。而在去学校的路上，我的心都像是揣着几只兔子一样七上八下的。

见到他是在部门办公室里，初次恋爱的我在看到他的一瞬间便红了脸，而傅思齐也是不太好意思地转过脸去。

大概这就是恋爱的心情。

整场会议我都有些心不在焉，好不容易等会开完我才磨磨蹭蹭地收拾着东西。终于等到人全部走光只剩下我和傅思齐两个人的时候，我才凑了过去，把心里原本就打好的腹稿说了出来："你昨晚说的都是真的吧。"

"你说的是哪件事？"

他有些疑惑地看向我，而那一瞬间我懵住了。直到听见他的笑声我才反应过来自己被骗了，握着拳头就轻轻地往他的胸口砸去。

"好你个傅思齐，竟然敢骗我。"

"逗你玩一下，别那么小气。"他抓过我的手握在手心，说道："我昨天说的话都是真的，以后不要再问了。"

他眼睛里的坚定直直地映在了我的心里，那一瞬间我的心狠狠地被撞击了一下。

没有任何时候，能让我这么感动。

隔日便是周末，跟傅思齐在前一天便约好了要去游乐场。而对于我们俩的第一次约会，我几乎是拿出十二分的心力去准备。

该穿什么样的衣服，配什么样的包包和首饰，一切的一切都让我感到满足。我想，从此后傅思齐就是我的了，没有人能抢走的、只属于我的男朋友。

我到游乐场的时候傅思齐还没有到，好心情让我并没有在意这些，索性站在那里看着来往的人群。

傅思齐晚了十多分钟才到，我刚想抱怨就看见了走在他身边的黄蓉。她穿着粉红色的套头卫衣，看上去似乎心情还不错。

我有些不解地看向傅思齐，他的脸上写满了无奈。

"不好意思啊小雅，我来迟了。"

我还没来得及开口，那边黄蓉便对着我先发制人。

"是啊，弥雅，你可别生思齐的气，我也是今早去他们家的时候听说他要来游乐场，便缠着他带上我了，你大人有大量，别生他的气了。"

不得不说，黄蓉这话说得很有深意。一方面向我展示她和傅思齐有多么亲近；一方便又向我示威，告诉我她的要求傅思齐都会答应。

我的心一点点地沉了下去，可是又不好发作。闷了半天才皮笑肉不笑地说："没关系，毕竟你是思齐的妹妹，多照顾你一点儿也是应该的。之前思齐就跟我说过，他们家就他一个独子，有了你这样一个可爱的妹妹他不知道有多开心呢。"

被人打了脸还不还手就不是弥雅了，我三言两语便把她的话化解了。黄蓉的脸色白了白，只能忍着。

我在心里冷笑，跟我斗她还嫩了点儿。

由于黄蓉的不请自来，我和傅思齐的约会变得感觉怪怪的。

我想玩海盗船的时候，黄蓉偏偏要坐摩天轮；我想要玩碰碰车，黄蓉又要去玩旋转木马……总而言之，就是处处跟我对着干。

夹在中间的傅思齐两面为难，只能够哄完这边又哄那边。

其实黄蓉的心情我能理解，先是赵小乔向傅思齐表白，刚被拒绝又出现了一个我，是个人都会不开心。

爱情，会让人变得小气。

"思齐，你想不想吃冰激凌？"

从旋转木马上下来，黄蓉便缠上了傅思齐，身为女友的我在一旁冷冷地看着。

"不用了，你要吃吗？要不要我给你买？"

"你不吃啊……"黄蓉有些失望，看了一眼不远处的摊位，"那你等等我，我马上就回来。"

"嗯。"

看着黄蓉走远，傅思齐走过来握住了我的手，有些抱歉地说："小雅，我没想到蓉蓉会跟过来，希望你不要介意。"

"我像是那么小气的人吗？"我白了他一眼，"你没告诉她我们谈恋爱的事情吗？"

"不是你让我先别告诉其他人的吗？"

傅思齐的反问让我吃了瘪。之前是因为我怕赵小乔知道，便和傅思齐商量先不告诉任何人我们在一起的事。等我和赵小乔摊牌后，再光明正大地谈恋爱。

没想到，我竟然被自己说的话绊住了脚。

我有些恼怒。似乎察觉到了我的不开心，傅思齐忽然低下头轻轻在我的额头上吻了一下。

他说："小雅，你不要不开心，看你不开心我也高兴不起来。"

烦躁的心瞬间被这个吻抚平了，正当我享受这难得的两人时光时，黄蓉的怒吼声在耳边响起："你们在做什么？"

黄蓉的声音让我和傅思齐下意识地拉开距离，只见不远处黄蓉一脸难以置信，脚边的地上躺着因为惊讶而摔掉的冰激凌。

傅思齐看了我一眼，松开了握住我的手走了过去。而还未等他开口，黄蓉便先问道："你们两个在一起了？"

傅思齐没说话，只是点了点头。

好一会儿，黄蓉都没说话。我明白她难以接受，可是事实就是这个样子。

正当我以为她会生气离开的时候，黄蓉却走到我面前，她的眼神里带着怨恨："弥雅，你可真行，可我告诉你我还没有输。"

她的声音很轻，傅思齐根本不可能听到她和我说了什么，更别说是看到她眼里的那一抹恨意。

我心里一惊，还来不及反应就看见她满脸笑容地转过脸对傅思齐说道："思齐，真是恭喜你们。你还站在那里干什么，快点儿过来，我们去玩跳楼机吧。"

刚才她凶狠的样子是我的错觉吗？

不，怎么可能是错觉。

我否定掉自己内心的想法，而那边傅思齐也走过来拉起了我的手。对于黄蓉的反应他似乎是很开心，一路上都不停地在说着话。

只是我知道那只是表面上的平静。

洁妮打电话让我去项阳家的酒店时语气里充满了紧张，她说："弥雅，你最好做好心理准备，之前赵小乔收到了匿名的短信，而那条短信曝光了你跟傅思齐恋爱的关系。"

突如其来的这件事让我的脑袋空白了会儿，可是很快地就反应了过来。我和傅思齐的事情今天刚被黄蓉知道，晚上就传到赵小乔的耳朵里。

用脚趾头想也知道是谁做的了。

黄蓉的用意我是再清楚不过了。我和赵小乔本就是朋友，先前因为傅思齐原本就有了点儿小间隙。而今我瞒着她跟傅思齐在一起，是我我也接受不了。

不得不承认黄蓉有心了，她以为这个短信不仅能够让我为难还能够使我和赵小乔的关系更加摇摇欲坠。可是这么多年以来，我自认为是了解赵小乔的，我不相信她会为了傅思齐跟我彻底闹翻脸。

收拾好东西，我打了个车往我们约好的地方赶去。

我到的时候所有人都已经等在了那里。

洁妮早就知道了事情的经过也没有太大的情绪，项阳抱着一副看热闹的表情，而坐在最里面的赵小乔和周翰则是很明显的在生着气。

周翰生气与我并无关系，可是赵小乔不同，我不希望也不愿意看到她跟我起矛盾。

叹了口气，我坐到了他们的正对面。"你们都知道了？"

听我这么说，赵小乔立马站了起来，冲着我骂道："弥雅，你可真行啊，都和傅思齐在一起了还装可怜，是不是看着我像白痴一样向他告白，在心里偷着乐呢？"

赵小乔的话让我有些接受不了。就在两个月前，我们还是亲密无间的好朋友，我没有想过有一天她会不相信我。

强忍住心里的难过，我看向赵小乔，有些无力地问道："你就是这么看我的？"

"你还想让我怎么看你。"赵小乔把手里的手机向我扔了过来，"是不是没有这条短信，你就准备一辈子不告诉我你和傅思齐的事情？"

我被她这么一说，脾气也上来了。

"赵小乔，我告诉你，我从来没背着你做过什么。倒是你，之前跟周翰做了些什么自己心里有数。"

我的话音刚落，在座的所有人都愣住了。

好一会儿，洁妮才反应了过来，率先开口向我问道："小雅，你说这话是什么意思？"

我咬着牙没有回答。

其实我说出口便后悔了，赵小乔和周翰的交易虽然让我有些难受，但是也不至于让我和他们闹翻。

只是话一说出口便再无收回的可能。

赵小乔的脸色僵了僵，冷冷地说道："弥雅，你竟然偷听我们说话。"

我在心里长长地叹了口气，"我不是这个意思。"

"我承认我和周翰是有对不起你的地方，可是你呢，你还不是瞒着我和傅思齐在一块了。"

赵小乔的话音刚落，周翰便突然站了起来。他的脸色十分难看，一句话没说，摔门离去。

见状，项阳拉着洁妮追了出去，房间里只剩下了我和赵小乔。

沉默了好一会儿，我先做出让步，诚恳地说道："小乔，我和傅思齐不是你想的那个样子。我承认，瞒着你是我不对，可我也是怕你一时间接受不了。"

"我接受不了？"赵小乔冷笑道，"我最接受不了的是我最好的朋友竟然像看笑话一样的看着我跟她的男朋友告白。"

"没有。"我反驳道，"你向傅思齐告白的时候我还没跟他在一起。我喜欢他你是知道的，那天听到他对你说他有喜欢的人了，我的心一直平静不下来。在KTV的时候，我想着我一定要去问清楚他喜欢的人是谁，不然我死也不甘心。"

我看了她一眼，接着说道："然后我就离开KTV去傅思齐家找他了，就是那一晚，我和他才在一起的。因为你才向他告白过，为了照顾你的情绪我就准备过段时间再和你说，没想到我还没说你就知道了。"

我的解释让赵小乔安静了下来，她紧抿着嘴唇，不知道在想什么。

就当我以为在今天会失去她这个朋友的时候，她忽然说："弥雅，我也有做得不对的地方。周翰告诉我如果不帮他的话会对傅思齐不利，我们都了解周翰，所以为了保护傅思齐我不得不跟他告白。"

赵小乔无力地扯出一个苦笑，自嘲地说："没想到我的告白反倒成全了你们，不知道周翰会不会气疯了。"

我看着赵小乔,心里充满了愧疚和不安。

感觉到了我的歉意,赵小乔白了我一眼,没好气地说道:"弥雅,你别用这么怜悯的眼神看着我。我输了我认,我只是有点儿不服气,你哪里比我好了?这傅思齐也不知道眼睛是长到哪里了,放着本小姐不要偏偏喜欢上你这朵烂黄花。"

见她和我贫嘴,我知道,以前的那个赵小乔又回来了。

我"扑哧"一声笑了。赵小乔看着我,认真地说道:"弥雅,我要诅咒你,诅咒你和傅思齐一个不小心就白头到老。"

我感动得眼泪浸湿了眼眶。

我想,人生大概没有比拥有赵小乔这样的朋友更幸运的事了。即使未来是不可预测的,但我相信,陪我走到最后的一定会有她。

我伸出手抱住她,却被她嫌弃地推开了,然后她又回抱住我。

"弥雅,作为你和傅思齐的红娘,我不得不提醒你要小心周翰。我和他这么多年的朋友了,他的性格我比谁都清楚。你让傅思齐最近小心一点儿,不知道周翰会做出什么对傅思齐不利的事来。"

赵小乔的话让我原本感动着的心顿时变得不安起来。

周翰,周翰……

我在心里默念着这个名字,开始后悔与他相识。

第五章
印象瞳

If, It's Still On Time

01

校运会终于在11月初开始举办了。身为外联部的一员，我和傅思齐成天
待在运动场上忙得焦头烂额，根本没时间约会。

很多时候我都能看见黄蓉缠在他身边。说不反感是不可能的，可是有什
么用呢，黄蓉的心思昭然若揭，但是她不说出来便不能作数，更别提让傅思
齐去拒绝她。

校运会作为学校的一大盛事，准备时间长达一个月。好不容易有点儿休
息的时间了，傅思齐也被黄蓉拉走不见人影。

我和傅思齐交往的事情已经全校皆知了。

林漠漠不知道从哪里走了过来，凑到我面前说："我刚看见那个蓉妹妹
拉着你家傅思齐不知道去哪了，你这个正牌女友怎么一点儿都不着急呢？"

"着急有用吗？"我白了林漠漠一眼，"腿长在他身上我总不能把他打
折了吧？再说了，黄蓉和他是从小玩到大的，我也不好说什么。"

林漠漠恨铁不成钢地说道："弥雅啊弥雅，就你这样，哪天被黄蓉挖了

墙角我看你找谁哭去。这个黄蓉的心思我们整个学院的人都看得明明白白。这傅思齐装傻充愣也就算了，怎么你对这件事也这么不上心？"

林漠漠说的话我都明白，可是真让我做点儿什么我是断然做不出来的。上次黄蓉给赵小乔发匿名消息的事情虽然如鲠在喉，但是我终究还是没有追究。

她是傅思齐的朋友，我多少还是要给她一点儿面子。

这场运动会并没有什么值得我关注的地方，却又因为身上的职责不能甩手不管，我只能留在那里翻翻书、发发呆了。此时，看台上已经坐满了人。

啦啦队在跳完舞后，运动员们迈着正步进了场。

温暖的阳光从天空上洒下，照得我有点儿昏昏欲睡。当我半眯着眼神游的时候，旁边忽然有人坐了下来。

转头一看，原来是傅思齐。

顿时，我的瞌睡虫全跑没了。

"怎么？不用陪你的蓉妹妹了？"我瞥了他一眼，语气微微泛着酸。

见我这样，傅思齐觉得有些好笑，他握住我的手，摩挲着："蓉蓉参加了班里的接力跑，现在在场上。"

我下意识地往运动场上看去。四处找了一会儿，才看到了人群中的黄蓉。她穿着一套鹅黄色的运动服，头发高高束起，活力逼人。

似乎感觉到有人在看她，黄蓉冲着我这边看了过来。

在看到我和傅思齐坐在一起的时候，即使是隔这么远，我还是感觉到了她眼里的怨恨。

对于黄蓉，我只能同情她了。

捏了捏傅思齐握住我的手，我转过脸问道："黄蓉怎么会参加运动会的？"

在我的印象里，她就像个娇滴滴的小公主，有哪个公主会参加运动会？

闻言，傅思齐笑着说："小雅，你太小瞧蓉蓉了。从小学开始她就在田径队了，短跑、长跑的奖杯在她家堆得满满的。"

果然，人不可貌相。

接力跑是这场运动会的第三项比赛。

傅思齐似乎对黄蓉十分在意，一直盯着运动场看。终于看到黄蓉出场，他马上对着感到有些无趣的我说道："小雅，蓉蓉出来了。"

我心不在焉地应了声，也把视线放到了场上。

随着一声枪响，第一棒的运动员都铆足了劲冲了出去。

黄蓉在第三棒。不得不承认，运动场上的黄蓉还是很有魅力的。眼看她就要把棒交到下一个人手里的时候，意外就这么发生了。

她突然失去了重心，整个人直直地栽倒在了地上。

一时间，尖叫声四起。傅思齐几乎是马上冲了过去。我心里微微一酸，最后还是推开人群去找他。

因为黄蓉受伤，他们班毫无意外地垫了底。我找到傅思齐的时候，他正抱着黄蓉往医务室走。

我还没想好该说些什么，傅思齐便对我说道："小雅，你先回去吧，我带蓉蓉去看看，不知道她的腿会不会有其他问题，刚才她一直在喊痛。"

说完，我还没回答他，他便绕过我急急忙忙地走了。

我回过头去看向他，他的背影忽然就变得像是我不认识的一样。而那边黄蓉侧过脸来，冲着我露出一个胜利的微笑。

傅思齐，你简直就是个浑蛋。

我在心里骂道，整个人都不可抑制地颤抖了起来。

我请了假，在家里待了整整3天。

我等着傅思齐打电话找我，可是别说电话了，连个短信都没有。

如果不是电信公司时不时发来的御寒短信，我甚至怀疑自己是不是欠费停机了。

对于傅思齐整整3天的不闻不问，我觉得更加难过了。

我不停地想着他和黄蓉是不是发生了什么，会不会是在她受伤之后他突然发现自己喜欢的人原来不是我。

这些杂七杂八的怀疑占据着我的心，使得我心如刀绞，夜不能寐。

我顶着一双大熊猫眼出了门，小区守门的大爷都快认不出我了。

我不想再像现在这样的折磨自己了，我决定主动去找傅思齐。

我一定要问清楚他到底在想些什么。

傅思齐的家先前我便来过了一次，这次更是轻车熟路。而没想到刚进弄堂没多久，我就看见傅思齐站在别人家的门口。他抬着头看天空，神色落寞，不知道在想些什么。

忽的，我心一紧。

似乎是察觉到了有人过来，傅思齐低下头往这边看来，再见到我的时候微微愣了下，随即笑着问道："小雅，你怎么过来了？"

我没说话，看着他走了过来拉住我的手。

这一刻似乎之前所受的委屈都算不了什么了，我有些心疼地问道："你刚才发生什么事情了吗？"

"没有啊。"他故作轻松地说道："我能有什么事情。"

"真的？"

"嗯。"他再次确认，问道："要不要去我家玩一会儿？"

傅思齐的家有个小院子，我一进门便看见了黄蓉站在里面笑意盈盈的给坐在躺椅上的男人捶着背。男人五十来岁的年纪，眉目间跟傅思齐很像，我猜想着是他的父亲。

而一看到我进来，黄蓉的笑意僵硬了下，随即又装作没事般说道："弥雅怎么过来了。"

她的话刚落下，傅伯父的眼神便落到了我身上，上下打量了好一会儿才

094

冲着傅思齐问道："思齐，这位小姐是？"

"爸，她叫弥雅。"傅思齐说完又转脸看向我，道："是我的女朋友。"

话刚说完，傅伯父看着我的视线就更加考究了。我心上一慌，握着傅思齐的手更紧了。似乎是感觉到了我的紧张，傅思齐反握住我，示意让我不要害怕。

而过了许久，傅伯父才开口说道："既然是思齐的朋友，那就进来坐吧。蓉蓉你还愣在那里干什么，还不赶紧给人家倒茶去。"

原本呆站在一旁的黄蓉这时候反应了过来，深深地看了我一眼就往里屋走去。傅伯父这话里话外的意思我听得明白，在他的眼里我只是傅思齐的朋友。我是客人，而黄蓉却是这里的主人。

这样的认知让我觉得难受，抿着嘴一时间不知道该说些什么。

那边黄蓉已经倒好了水走了出来，她的表情也恢复了往常的笑意，甚至多少有点儿得意扬扬。她说："弥雅，喝水，到这里就别跟我客气。"

我尴尬地笑了笑，接过她手上的杯子。

我的敏感让我轻而易举地就察觉到傅伯父对我的不满意，只是人都已经来了，自然不好甩脸离开，只能愣愣地坐在那里听着他跟黄蓉话家常。

还好傅思齐的手一直紧紧地抓着我，不然我真的害怕自己会当场崩溃。

隐形人大概做了有半个小时之久，傅伯父忽然开口对着傅思齐说道：

"这都快到吃饭的时间了，你就跟蓉蓉出去买点儿菜回来吧。"

傅思齐应了声，黄蓉也紧接着站了起来，跟着他一前一后地离开家。

我有些不安地绞着手，傅伯父对于我的不满意我看得明白，而今他支开傅思齐保不齐就是要跟我说点儿什么。我正在心里胡乱的猜测着，就听见他低沉的声音传来。

他说："弥雅，你和我们家思齐是什么时候认识的？"

"C大军训的时候。"

他的眉头紧紧地皱在了一起，好一会儿才开口说道："说实话，对于你跟思齐在一起我并不看好。一来，你们认识的时间这么短，根本不了解对方；二来，我看你似乎没吃过什么苦，可我们家思齐不同，从小就要帮着我做事。我们的家庭条件你也看到了，跟着他没什么福可享的。"

傅伯父的话音刚落，我便快速地接口道："我不在意这些。"

"你不在意，可是我在意。"傅伯父的语气渐渐地变得严厉了起来，"自古以来，男女之间要讲究门当户对，什么样的茶壶就该配什么样的壶盖。就算你不在乎这些，可你家里人呢，我不希望等到你们感情深了再说这些，那时候就来不及了。"

似乎是察觉到了自己话里面的严厉，傅伯父叹了口气柔声地说道："弥雅，我相信你是个懂事的孩子，我不想你被耽误。"

眼泪快要从眼底喷涌而出，而心里就像是吃了一整个柠檬一样泛着酸。

见我不说话，傅伯父也沉默了，不停地敲着椅子扶手的手显示着他内心的焦躁。

傅思齐回来的时候，我就像是只失了水的鱼找到了大海。我的不安、难过在看到他的那一瞬间得到了些许的缓和，而他似乎没有注意到我的异常，继续和黄蓉忙着布菜。

整顿饭下来我都有些食不知味，黄蓉主人翁的姿态、傅伯父对我的不满意……都让我备感压力。

我多么想诉傅思齐这一切，却又怕引起一场混乱。

好不容易等到饭后，我跟傅伯父道了别离开，傅思齐追出来送我。

星光已经点点的布满了夜空，弄堂里能隐约听见别人家传出的电视声以及说话声。

我心里空荡荡的，走在傅思齐的身边默不作声。

沿着青石板路走了好一会儿，傅思齐突然伸手牵住我的手。掌心传来的温暖让我微微回过神。

傅思齐语带心疼地说："抱歉，小雅，让你受委屈了。"

一句话让我泪如雨下，原来他都注意到了。

傅伯父的话让我难堪，可是我无力反驳。

从小到大，我被家里人保护得太好，虽然我的爸妈不能给我太过富裕的生活，但是总要比别人好那么一点儿。我不知道傅思齐是生活在这样的环境里，他的生活我没有经历过也想象不出来。

傅伯父的希望我也能懂，毕竟论知根知底我比不过黄蓉，而且看着她忙上忙下一副女主人的样子更是让我觉得自己什么都不会。

这样的情况让我难过、胆怯，甚至有点儿退缩。

可是当傅思齐握住我手的这一刻，我忽然觉得，一切都不重要了。只要他懂我的委屈，我也可以尝试着为他改变。

见我不说话只是流泪，傅思齐捧着我的脸，深情地看着我。

"这是我第一次喜欢一个人，我不知道怎么做才能够让你开心。可是小雅，你相信我，总有一天我会给你最好的一切。"

他坚定的目光就像夜空里的星星，闪耀夺目。

我感动得无法言语，只能不停地点着头。

淮海路的灯光映着这整座城市的霓虹。

我和傅思齐从电影院里走了出来，午夜场的爱情电影已经没有了人气。先前为了缓和我的情绪，傅思齐提议去看电影，这对于我并没有意义。

每个女孩子，总会在心里列出一连串将来想要跟男朋友做的事情。那一列的要求里，总会有看电影这么一项，仿佛是恋爱中所要练习的必备功课。

这场电影说的什么，我几乎是看过就忘，唯一记得的就是两双在黑暗里交织在一起的手。那时候好像什么电影啊、情节啊都变得不重要，重要的仅仅是陪着你看电影的那个人。

傅思齐拉着我的手没有再松开，从电影院往我家走去。这个点街上已经没有什么人了，两个人的散步让我觉得很浪漫。

沿着街走了有一会儿，他忽然松开了我的手低下身。

正当我疑惑地低下头时就发现自己的鞋带散了开来，而傅思齐的手握着那两个带子，手指交叉打结，一个漂亮的蝴蝶结就出现了。

而心口处像是被什么撞了一下，强烈的冲击感让我的心脏微微颤抖。

这个低着头的少年，我很确信，我想要跟他一直走下去。不管前面会有多大的挑战和荆棘，我想我都有勇气去面对。

因为那个人是傅思齐，这个世界上独一无二的傅思齐，那个我喜欢着的傅思齐。

02

在傅家的事情不仅没让我和傅思齐发生矛盾，反倒是更加的亲近。这些日子以来，我们做遍了所有情侣要做的事情。约会，看电影，去图书馆。

偶尔黄蓉也会出现在他的身边，对我依旧是带着敌意。可是并没有关系，只要傅思齐还跟我在一起我便相信她起不了什么作用。

我是如此的乐观，相信着这个世界上爱情大过天。

我接到周翰的电话是在周四的专业课后。

自从在上一次我曝光了跟傅思齐交往的事情后他便再也没有联系过我，

我想或许是他死了心，多少有些轻松。

他说："小雅，你在哪里啊，我有些事情想跟你说。"

他的声音里带着少有的严肃，我愣了愣倒也没有多想。在确认了我的所在地后，周翰便挂了电话。原本我是要跟傅思齐一块吃饭的，可如今周翰要来找我，我便只好推脱说有事。

在校门口等了约莫有一刻钟，周翰那辆惹眼的车又出现在了眼前。

我最近的心情都不错，看见他摇下车窗便忍不住的调侃道："周公子下次来见小的能不能低调点儿啊，你开着这么好的车出来不知道的人估计还以为我傍上什么大款了呢。"

见我这样，周翰似乎也没什么兴趣附和，看了我一眼便说道："你先上车。"

而我刚坐上车，周翰便启动了，紧接着车子便急速的开了出去。

"周公子，你能不能慢点儿啊，我这安全带都还没系上呢。"

我揉了揉被撞到座位上的后脑勺抱怨道，可周翰却像是什么都没听见一样。真是见了鬼了，我在心里暗暗地骂道。

车子一路开到了以前常去的餐厅才停下，我跟着周翰一块走了进去，赵小乔他们早就等在了那里。我一见到他们，倒也忘记了周翰刚才的不对劲，乐呵呵的就凑过去打招呼。

赵小乔没有说话，看了我一眼，目光有些复杂。

这个时候，我也察觉到了事情的不对劲，转过脸看向洁妮。她的表情倒跟往常没有什么不同，只是在一旁的项阳看着我的目光带着点儿同情。

好一会儿，我终于忍受不了这样怪异的气氛，发问道："你们费这么大劲喊我到这里来，究竟是想要说些什么？"

见我的声音里带着些怒意，赵小乔走了过来说道："弥雅，我知道有些事情你可能接受不了，但是为了你好，我们还是觉得有必要告诉你。"

"告诉我什么？"我皱了皱眉，看向她说道："赵小乔，你有话快说，别在这磨磨蹭蹭的耽误人时间。"

而我的话音刚落，周翰便从后面走了过来看着我说道："小雅，那个傅思齐根本不是什么好东西，他早就背着你跟别人好上了。"

周翰的话我听着就觉得像是个笑话。

我冷笑了两声，看向他说道："我说周公子你说话也要打好草稿，傅思齐每天都跟我在一起，你告诉我他哪来的时间出轨？"

周翰没再说话，拿过一直放在桌子上的牛皮袋便递给我。

"不信的话你自己看吧。"

我接过那袋东西拆开，里面是一沓照片，不论从哪张的角度看上去都是偷拍。而画面上无一例外的都是傅思齐和黄蓉，有两个人并肩一块走的，有黄蓉去拉傅思齐手的，甚至有几张是傅思齐搀扶着黄蓉走在宾馆的门口。

难以置信就像是汹涌而来的海潮一瞬间漫过我的口鼻，呼吸在那一瞬间

倘若，来得及

If, It's Still On Time

变得艰难了起来。他跟黄蓉，这是任我怎么也没想到的。

脑海里几乎是一下子便响起了前几日晚上他接到黄蓉电话便急急忙忙跟我道歉离开的场景，那时候我只当是发生了什么事情倒也不是很在意。

而今再结合着这些照片，背叛感从脚一直传到了脑袋里。

赵小乔从旁边走了过来抱了抱我，安慰道："真没想到傅思齐也会做出这种事情来。"

我抿着唇不说话，周翰见缝插针地跑来在我的耳旁煽风点火道："小雅，就这种人，你最好尽快地跟他分了，不然以后指不定受多少委屈。"

周翰的话让我一时间有些清醒过来。我看着他的眉眼，忽然觉得有些陌生。

我想我应该要相信傅思齐，毕竟这些时日的相处我已经确信我了解他，如果他真的要跟黄蓉有什么何必要等到我出现。

我不该因为这些照片就忘记了在自己心里的傅思齐是什么样的。

我整理了下情绪，转过脸对着赵小乔问道："这些照片都是从哪来的？"

"什么？"赵小乔显然对于我的转变有些反应不过来，好一会儿才痴痴地回答道："阿翰早上拿过来的，说让我们好好劝劝你，别把大好时光都浪费在傅思齐身上。"

果然是周翰。我闭上眼，深吸了一口气，再睁开冲着他问道："周翰，

102

你为什么会有这些照片？别跟我说是你一早醒来就发现有人放在你家门口的。"

我的质问让周翰愣住，我看见他的眼底渐渐蓄起了风暴，他说："小雅，你在怀疑我。"

"是。"

对于他的话我也懒得再去解释，先前赵小乔和项阳的提醒浮现在脑海里。周翰的狠绝我从来没了解过，可是如今除了怀疑他的别有用心根本没有别的可能。

我看向他的眼睛，问道："你为什么要找人去偷拍傅思齐？"

我的话让周翰彻底地失去了耐心，他有些不悦地说道："我为什么要找人偷拍他？如果不是你我为什么要费这么多的力气。弥雅你自己清醒点儿，我承认我偷拍他是我的错，可是如果他没做什么，我又怎么会拿到这些照片。我想你比任何人都要清楚那个女生是谁，他们俩这么多年的暧昧不清，我想这段时间你看的应该比谁都清楚。"

周翰的解释在我看来根本不足以让人信服，而既然我决定要相信傅思齐那么他说再多都是错的。我叹了口气，说道："周翰，我的事情，希望你以后别再插手了。"

"插手？"周翰苦笑了一声，问道："原来在你的眼里，我所做的这些事情都是插手？"

　　他的话让我有些于心不忍，可我知道有些感情不趁现在做个了断，恐怕到以后会更难。我有些决绝的开口道："周翰，你到底什么时候才能学会尊重别人。你今天所做的这一切，不仅仅是不尊重傅思齐，更是不尊重我。一直以来，我都是把你摆在朋友的位置上，我以为我们的友情不会因为这些事情而发生改变。可你如今做出这么幼稚的事情，真的是太让我失望了。"

　　我话里面的决心任谁都能够听得分明，好一会儿，他才愤愤地看了我一眼甩袖离去。

　　而对于他的离开，项阳几乎是马上就追了出去，在离开前他也愤怒地冲着我吼道："弥雅，你的良心是不是被狗吃了。一直以来阿翰对你怎么样你比谁都要清楚，你可以不喜欢他，但是你又怎么可以这样的去伤害他。"

　　是，我承认在这一刻我伤害了周翰，可是他又何尝不在伤害我呢。他做的那些事情，一件一件的累积起来，已经足够让我爆发了。

　　而随着他们两个人的相继离开，一瞬间包厢里悄无声息。我听见赵小乔叹了口气就坐在位子上，而洁妮则是走到了我的身边，抱了抱我说道："小雅，你也别太难过。周翰那个人就那样，你要是相信傅思齐就别去管别人怎么说。"

　　大抵上洁妮在这件事情上面看的要比我通透得多。项阳一次次的伤害和背叛，她都给予了原谅，看见她我才明白在爱情里没有什么是不能够原谅的。

我想要去问傅思齐到底发生了什么事情，但是又觉得唐突。他跟黄蓉的关系我早就已经知道，如果这么贸然的发问多少会显得我有些小心眼。

回去的路上我的心都一直被这个事情给包围着。我努力地想要去忘记，但是那些照片就像是一根刺一样的扎在我的心上，时不时地疼一下。

再见到黄蓉是在隔日的食堂里，我和傅思齐一块吃饭，没有防备的她便坐了过来。自动忽略掉一旁的我，嘴角含春地对傅思齐说道："思齐，前几天在宾馆里谢谢你了。"

一听到宾馆两个字，我的瞳孔瞬间放大，紧紧地盯住了他们俩。而傅思齐像是没有注意到我的表情，笑了笑说道："没什么的。"

"不不不，如果不是你，我恐怕就……"黄蓉的话没再说下去，忽地站起来转变了话题，说道："晚上你早点儿回家，我跟傅伯父商量好要给你做一顿饭。"

她的话说完后，没等傅思齐的回答便快速地跑开。

竟然还可以这么强买强卖，我不屑地看着她的背影，心里越发地好奇了。

黄蓉离开后，傅思齐像是什么都没发生过一样接着吃饭，好一会儿我终于还是忍不住开口了，装作不经意地询问道："她刚说的宾馆是什么意思啊？"

"哦，就是前几天她跟一些朋友在酒吧里喝多了，打电话喊我去接她。"傅思齐想了下，接着说道："那天她给我打电话的时候你也在啊，我怕她回去会被骂就让她去宾馆将就一晚了。"

对于傅思齐的解释我从心里还是能接受的，看来相信他这件事我没有做错，心里一满足不由自主地便笑了出来。

傅思齐有些奇怪地看向我，倒也没多问，直到吃完饭准备离开的时候，他才忽然喊住我。

他说："小雅，你晚上要不要跟我一块回去？"

他的话里带着些犹豫，毕竟上次在他家发生的事情到现在仍旧仿佛发生在昨天。我怔了怔，好半天才冲他笑道："可以啊。"

见我答应的这么爽快，傅思齐一时间放下了心，也笑了起来。

对于这次跟傅伯父的见面我不想表现的太过于随便。拒绝了跟傅思齐一块回去，我下课后便先跑到了茶叶店去挑了些上好的大红袍。

傅伯父爱喝茶这件事，我是从上次见面的时候观察出来的。他家里的每个角落里似乎都摆满了茶具，而手上也是时时刻刻地握住一个茶壶。

我想，既然我已经决定了要跟傅思齐走下去，那么搞定傅伯父才是如今的头等大事。

我拎着礼品过去的时候，傅思齐和黄蓉正在摆放碗筷。见我来，她的脸色微微变了下但是很快地又被掩盖了过去。

傅思齐看到我，放下手中的东西便迎了上来。

"怎么这么迟？"

"去买了点儿东西给伯父。"我冲他笑了笑便朝着一直看向这边的傅伯父那里走过去，说道："傅伯父你好，上次来的匆忙什么也没准备。这次思齐特地喊我过来，我便想着怎么样也不能再空手了，这点茶叶儿你尝尝看合不合味道。"

一段话我说的不徐不缓，递出去的礼品盒被傅伯父接了过去，他看了眼里面的东西，抬起头看向我问道："这是思齐跟你说的？"

"倒也不是。"我笑了笑，接着说道："上次看伯父你一直都茶壶不离手的，料想你一定最爱喝茶了，没想到还真给我蒙对了。"

我的话音刚落便看见傅伯父的唇边溢出了一丝笑意，他把东西收好，冲我说道："坐吧，一会儿就要开饭了。"

似乎是没想到傅伯父会对我的态度发生转变，黄蓉一时间愣在了那里，而我也毫不客气地跟在傅思齐的身后帮忙。

这场仗，我赢得比她漂亮多了。

十月底的天气已经渐渐地变得寒冷起来。洁妮打电话来约我爬山，她说弥雅，周翰有意要跟你和好，拜托我一定要约你出去。

其实很多时候我都觉得跟洁妮说话很容易，不需要费太多的心思。她总是会挑重点的事情来说，不会拐弯抹角。

我沉思了好一会儿，还没给出答案，她又接着说道："上次的事情闹得确实挺难堪的，但是现在周翰既然先给了你一个台阶下，你也没必要一直端着。小雅，大家都是这么长时间的朋友，谁闹翻了我都会很难受。"

洁妮的话一直都是在理的。先不说赵小乔跟周翰的关系，就是项阳跟周翰是那么铁的哥们，以后见面的次数也是不在少数。

上次我的话是重了点，可是也不过是一时间的怒上心头。

我想了下，问道："可以带别人去吗？"

"你想带傅思齐？"

洁妮的反应很快，我也没必要遮遮掩掩，大方地就承认了。

"这样也好。"洁妮说道："不如就趁这次，大家把关系理理清楚。不管是赵小乔还是周翰，希望这次过后大家依旧还是好朋友。"

看着一旁正在看书的傅思齐，我不知道该如何开口说起这周末爬山的事情。一整个下午的选修课我都是听得心不在焉，就连下课了都是他提醒的。

大概是注意到了我的异常，傅思齐开口问道："小雅，你怎么了？是不是有什么事？"

"我……"

我张了张嘴，却依旧还是不知道该怎么说出口。当时跟洁妮说那句话根本就没考虑过傅思齐会不会答应我，毕竟他跟周翰的那些不愉快我都是知道的。如今让他再去面对周翰，我真的不知道是好与不好。

而见我一直犹豫不决，傅思齐再次说道："你想说什么就直接说，在我的面前不需要有太多的顾忌。"

或许是这句话给我吃下了一颗定心丸，我跟她提起了周末爬山的事情。等我说话，傅思齐也没有说话，看着路不知道在想些什么。

我心下一慌便开口解释道："我知道你跟周翰之前发生过很多的不愉快，可是你相信他本身没那么坏，只是太关心我了。我跟他这么多年的朋友，他是怎么样的我再清楚不过了。况且现在我们在一起，你见到他也是迟早的事情，不如就趁这一次……"

"我知道。"我的话还没说完便被他打断了，傅思齐转过脸来看向我说道："我知道对于你来说他们都是很重要的朋友，所以这次的爬山我会去的。小雅，我从来都不想让你为难。"

小雅，我从来都不想让你为难。

这么样的一句话到底包含了多少的感情，我看向他忽然间觉得一股莫名的感动如泉水一般喷涌而出。我面前的这个少年啊，到底还会做出多少让我感动的事情。

我真的很庆幸，能够在我最美的时候遇到他。

03

日子过得如白驹过隙一样，一转眼时间便滑到了周末。

我出门的时候，傅思齐已经等在了我家门口，见我出来他自然而然地接过我的包，右手牵过我。

我看了眼手紧握在一起的地方，甜蜜溢满了整个心房。

约定的地点是在郊区的凤仙山下，我们到的时候其他人已经等在了那里。似乎是没料想过傅思齐会跟我一块来，一时间除了洁妮所有人都愣在了那里。

好一会儿，周翰才抿着唇一言不发的去车上拿东西。项阳本就因为周翰的事情对我抱有怨气，如今见到傅思齐自然也没有什么好脸色。

倒是赵小乔，站在那里绞着手不说话。

傅思齐看了我一眼，松开紧握住我的手，走过去对着赵小乔笑了笑，道："小乔，好久不见了。"

过去发生的事情似乎在他的记忆里已经被抹掉了，我看见赵小乔有些吃惊地抬起头，似乎没想到傅思齐会这么大方的过来跟她打招呼。

好一会儿，她才回过神，喏喏地回道："是啊，好久没见了。"

对于傅思齐主动跟赵小乔打招呼来缓解气氛的举动我之前是没想过的，而今当他真的做了，我才知道一个男人这么大方是多么的有魅力。

我有些幸福地走过去，主动牵起他的手。

这样的人是属于我的，真好。

凤仙山一年四季来爬山的人都不在少数，恰逢周末，一路上往山上走的人不在少数。周翰沉默着一个人先走在前面，项阳，洁妮和赵小乔跟在身后，而我和傅思齐则晃悠悠地慢慢走在最后。爬山本来就是一个心态，没有什么比牵着喜欢的人的手漫步在这风景里更浪漫的了。

思及此，我不由得又转过脸去看他，碰巧捕捉到他看向我的视线。两个人相视一笑，不由更觉得甜蜜。

一行人大概花了三个小时才爬上了山顶。这时候已经中午了，不少人都已经下了山。我靠着围栏上让赵小乔给我拍了几张照发朋友圈，正准备喊傅思齐一块拍照就听见周翰不大不小的嘲讽声："他那种人会有朋友吗？"

周翰的话让我不自觉的生气起来，这场爬山本来就是为了缓和大家最近的关系。可他倒好，我什么都还没说他便又补上了一刀。我正准备发作便被傅思齐拉住了，他看向我摇了摇头。

我知道他是为了我好，可是周翰做得也太明显了。正当我犹豫着该怎么办的时候，周翰接着又对着项阳开口道："真不知道有些人是怎么好意思的，明明是朋友间的活动他还偏偏不要脸地插上一脚。"

这话我要能再忍也不是弥雅了。

我甩开了傅思齐的手，走了过去看向周翰强硬地说道："你现在是对着谁指桑骂槐呢，这次爬山本来就是你提出来的，你要是觉得没必要再继续，我现在就可以走，省的招你周大公子的眼，看的不痛快。"

我的话刚落下，赵小乔就抢先说道："弥雅，你别介意，周翰这嘴巴就是欠。"

赵小乔的话并没有让气氛得到一点儿点的缓和，周翰看着我，好一会儿才说道："你明知道我有多不想看到他，为什么还要带他过来。"

"呵呵。"我觉得有些好笑，"周翰，这个世界又不是围着你转的。你喜欢谁，不喜欢谁，我都没有必要去迁就你。傅思齐他是我的男朋友，你不想看到他也没必要再看到我了。"

周翰的脸色白了白，牙齿紧紧地咬住了下唇。项阳看不过眼，从一旁冲了过来，"弥雅，你就不能好好说话了，非得要这样才可以？"

"不是我想怎么样，你倒是问问周翰他想怎么样。"

我气愤地指责道，这几次周翰的表现实在是太不理智了。我明白他的心思，但是却无论如何都理解不了他的做法。

大概是我的话说得太凌厉，好一会儿没有人说话。

见他们都愣在那里，我反倒觉得也没有什么好说的了。转过身拉着傅思齐便往山下去，身后是赵小乔的呼喊声。

沿着山路愤愤不平地往下走，傅思齐好几次劝说我没必要这样都被我堵了回去。身后跟着的依旧是刚才一块上山的他们，只是碍于我现在的状况没有一个人敢先来撞枪口。

山路走到一半的时候，周翰终于还是没忍住先跟了上来拦住我。

他说："弥雅，我有话要跟你说。"

语毕，伸出手来便想拉我。我躲开他的手，冷冷地开口道："有什么事情就当着我男朋友的面说。"

我特地加重了"男朋友"三个字，果不其然地看见了周翰的脸色又白了几分。这样恶意的小报复让我的心里传来了些许的快感，我不肯低头地看向周翰。

傅思齐拉了拉我，我转过脸就看见他眼睛里的犹豫。

而就在沉默的一会儿里，后来忽然传来了赵小乔的尖叫声。我回过头就看见她神色慌张地站在那里，旁边的项阳则是焦急地朝着那一边的山路跑下去。

我心上一惊，急急忙忙地往那边赶去。等到我站到赵小乔那个位置往下看的时候，洁妮正被项阳紧张地抱在怀里。她的眼睛已经紧紧地闭上了，双手无力地垂在身侧。

"这怎么回事？"

"洁妮她……"赵小乔带着哭腔，好一会儿才断断续续地说清楚。"刚有人跑过来，洁妮想避开却不小心摔了下去。"

赵小乔的话让我沉下了心。凤仙山海拔不高，但是刚才她摔下去的那条路却有不少的石头。虽然看刚才项阳抱她的距离，没有摔得太远，但是总归还是有些害怕。

这个时候洁妮已经晕了过去，项阳慌慌张张地抱着她便往山下赶。

突如其来的意外让我忘了跟周翰刚才的争执，提着一颗心急急忙忙地跟在项阳的身后。傅思齐握了握我的手，示意我不要担心。

可是出事的那个是洁妮，是我最好的朋友，我又怎么可能不担心。

下了山后，周翰便一路把车开得飞起。这里处于郊外根本没有医院，好不容易到了市区内，车还没停稳，项阳便抱着她先跑了下去。

这半个多小时内，洁妮一直都没醒过来。因为傅思齐在我身边安慰的缘故我才没有崩溃，反观一旁的赵小乔，从下车开始就一直在不停地流泪。

我没有安慰她，我怕我自己一说话就会跟她一样忍不住哭出来。

进入医院后，洁妮便被安排了急诊做一系列的身体检查，而我们几个却只能够待在外面守着。不安，慌张，各种负面的情绪席卷而来。

我们谁都没有再说话，或者说我们谁都不知道该怎么开口说话。

时间一分分地流动着，而每一分钟都是那么的难熬着。终于等到洁妮被推了出来，我们才急急忙忙的冲过去问道："她怎么样了？"

"我女朋友没事吧？"

"洁妮她还好吗？"

……

一连串的发问让医生有些措手不及，摘下口罩回道："具体的情况还是要等到检查报告出来才知道，不过我刚才看到她的右小腿好像被摔得不轻，我希望你们最好能做个心理准备。"

他的话音刚落，所有人都怔在了那里。也不知道过了多久，赵小乔终于忍不住放声哭了出来，在这条空旷而悠长的走道上闲的格外的清晰。

右腿受伤，对于一个从来没学过跳舞的人我都知道双腿对于舞蹈家是有多么的重要。洁妮跳的芭蕾，靠的是不停地旋转跳跃。

假如她的腿真的出了什么问题，那么对她将会有多么大的打击。

似乎是察觉到了我的悲伤，傅思齐忽然紧紧地抱住了我。

"别怕，小雅，一切都会没事的。"

他温柔的声音，像是好听的和弦一样一声声的安抚着我的不安。

洁妮一直昏迷了很久，直到傍晚的时候才醒过来。项阳在此期间一直握着她的手，周翰在中途有事情先离开了，而赵小乔则是一直眼睛红红地坐在沙发上。

"洁妮，你总算醒过来了，有没有觉得哪里不舒服？"

随着项阳的一句话，我们几个人马上便围了过去。我看见赵小乔眼睛一红，眼泪又忍不住地掉下来，她说："洁妮，你还好吗？有没有觉得哪里痛？"

"我这又没什么事情，你干吗哭成这个样子。"洁妮有些虚弱地笑着，想了想问道："我之前是不是摔下山了，我记得我是要躲开那些人，后来的事就记不清了。"

她的话让我鼻子一酸。如果那时候我没有跟周翰闹脾气一直跟在他们身边的话，那么是不是这一切都不会发生了。

自责从心底的某个角落疯狂地蔓延开来。

我伸出手去握住她另一只手，没有说话。而见我这样，洁妮把被项阳握住的手抽出来，拍了拍我的手背，安慰道："小雅，我又没什么事，你别担心。"

看着她这么乐观地安慰我们，一时间我也不知道该说些什么。

前两个小时，关于她的检查报告已经出来了。那时候，医生在听说了洁妮是学舞蹈的时候是一阵的惋惜。而套用医生的话来说就是右脚踝处的软组织受伤，右小腿骨裂，将来想再跳舞的可能性很小了。

想到这里，我便不禁潸然泪下。

我不明白为什么这么好的洁妮要受到这么多的伤害，她明明值得拥有最好的人生。

一直到10点，我才浑浑噩噩的离开医院。这一天下来发生的事情太多了，我到现在仍旧接受不了这个现状。

我宁愿现在的一切都是我做的一场梦，只要我一睁眼，所有的一切还是最初的模样。我在家里睡着觉，窗外阳光正好，洁妮来找我，给我跳她最爱的舞蹈。

只是这一切，我知道只是我的臆想而已。

我有些颓废地走在前面，傅思齐跟在我的后面好一阵子才跟了上来。他拦在我的面前，用手捏住我的双肩，强迫的让我看向他。

他的眼睛像是一片澄澈的湖，他说："小雅，你相信我，洁妮一定会没事的。医生也没说她一定不能再跳舞，至少还是有可能的不是吗？"

只是这个可能性有多小，我们谁都看得明白。

我垂下眼不想说话。如果我当初拒绝了爬山的邀约，是不是今天的一切都不会发生？

我有些绝望地蹲在地上，傅思齐也跟着蹲了下来抱住我。

他的怀抱很紧，像是要把我揉进他身体里一样。

也不知道这样的姿势我们到底维持了多久，等到我想站起身的时候脚已经彻底的麻掉了。傅思齐站起来背对着我蹲下，说道："上来吧，我背你回去。"

傅思齐的背很大很暖，我把脸靠在他的身上，属于他的气息一瞬间萦绕在了鼻尖。

这条路我忽然希望就这么一直走下去。

可是路就是路，不管怎么样都是会有尽头的。我从他的背上下来，在分别前还是忍不住地拥抱了他。我用耳朵靠在他的心房，从那儿传来的心跳声让我感觉到心安。

我闭上眼，感动地说道："傅思齐，谢谢你。"

"傻瓜，和我说什么谢谢。"他用手摸了摸我的头发，说道："你要

记住，不管发生什么事情你都不是一个人，不管发生事情你都有我可以依靠。"

他的话让我的鼻子一酸，眼泪终于再也止不住的掉了下来。

傅思齐，我是何其幸运，才能拥有你的疼爱。

第六章

浮沉乱

If,

It's Still
On Time

倘若，
来得及
If, It's Still On Time

01

　　洁妮的伤势由于我们刻意地隐瞒她倒是并没有起疑。项阳尝试联系洁妮的妈妈，却没有得到回应，偶然听洁妮提起，说是去外地旅游了。

　　这几日来，我和赵小乔已经把医院当成家来跑了。每次洁妮看到我们都说我们太小题大做了，没必要一直浪费着时间在医院来陪她。

　　项阳似乎在这次的意外发生后长大了不少，很多时候我去的时候都能看见他一个人坐在病房外面想事情，表情难过可却在见到洁妮的时候恢复往昔。

　　好像所有人，所有事情都在这个时候发生了改变。

　　跟赵小乔约好了周末的早上去看洁妮，前一天我特地请教了自家老妈教我煲花生猪脚汤。而当我拎着保温桶跟赵小乔走进病房的时候却发现洁妮并不在里面，我们互相对望了一眼便把东西放下往外找去。

　　不好的预感渐渐地从心里面传出来。这些日子以来我们一直都在瞒着她，告诉她，她的身体并没有什么问题，住院也只是为了得到更好的照顾。然而这样的谎话，我们谁都明白撑不了多久。洁妮这么聪明，不可能察觉不到什么，况且整座医院这么多人，难免人多口杂。

我看见项阳的时候是在主治医生的办公门外，他靠在外面的墙壁上，表情落寞而且忧伤。

赵小乔一看见他便马上冲了过去，问道："项阳，洁妮呢。"

"洁妮，洁妮她……"项阳有些颓废地伸出拳头砸向墙壁，"都是我不好，要是我看着她的话也不会发生这种事情。"

"到底怎么了，你好好说话。"

见他这样，赵小乔整个人也跟着着急了起来。

"洁妮她是知道了吗？"我心下有了个大概，问道。

"嗯，之前我出去接了个电话，她大概是自己问了来帮她换药的护士。"项阳说道："等我接完电话回去的时候她已经不在了，看见洁妮的人表示她是来这里找了医生。门是从里面反锁上的，我推不开也不敢逼得太急。"

项阳的话是在我的预料之内，这件事就算瞒的再久也是会有被拆穿的一天。

我们3个人站在外面等了许久，门才慢慢地打开，紧接着洁妮从里面走了出来，她的脸上有尚未干掉的泪痕，一见到我便忍不住冲了过去。

她抱着我哽咽着说："小雅，怎么办？我以后不能跳舞了，怎么办？"

她的难过让我也忍不住红了眼眶，只能够更加用力地回抱住她。我知道，跳舞是她的梦想，可是我们这些人，这些朋友也是她生命里不可或缺的

倘若，来得及

If, It's Still On Time

一部分。

是能够支撑她，一直走下去的养分。

我和赵小乔一直在医院待到晚上才离开，这段时间洁妮的情绪已经平静了下来。她给安伯母打了个电话，告知了自己的情况，又交代我和赵小乔明天去医院的时候多给她带点衣服。

她表现得太过坚强，就好像先前的那一个脆弱的她只是我们产生的幻觉而已。

跟赵小乔在医院的门口我们分开走，这个时候这个城市已经亮起了一片霓虹。水车马龙的街道上，偶尔有神色匆匆的行人走过。

我忽然觉得好累，在路过一个广场的时候索性停下来坐在台阶上。周围有三三两两的情侣结伴走过，有穿着随性的少年玩着滑板，不远处的空地上有大妈们跳着舞。

这一切都是那么的和谐，好像所有的人都没有任何的不愉快。

紧绷着许久的心情好像在这一刻得到了放松，我跺着脚跟着音乐晃动着身体。也不知道就这样过了多久，放在口袋里的手机开始震动了起来。

那是一串陌生的号码，在我的手机上不停地闪烁着。

渐渐地，心底忽然腾空生出来一股不好的预感。那串号码一直不停地响着不曾间断，我刚接通就听见电话那端传来黄蓉质问的声音。

"弥雅，你到底做了什么，为什么思齐会被人打。"

黄蓉的声音像是一片锋利的刀片瞬间划过我的心脏。周围依旧是嘈杂的人群，而她的话就那么一声声的像是回荡在空旷山谷里的回音。

她告诉我，傅思齐受伤了。

我在原地懵了好一会儿，直到电话那边又传来黄蓉的咒骂声。一声一声，烙在我的心里。

我回过神，急忙问道："傅思齐他现在人在哪里？"

"人在哪里？"黄蓉冷笑了一声，"弥雅，你觉得我会告诉你吗？我给你打这通电话的目的就是希望你不要再来打扰思齐了，你们根本就不合适。"

她说完这些，没给我一点儿反应的余地便毫不留情地挂了电话。

电话里传来的忙音让我的脑袋里空白一片。这几天由于洁妮受伤的缘故我翘掉了所有的课，每天都是家和医院两头跑，和傅思齐也有两三天没有碰过面了。

我承认我不是一个合格的女朋友，可是那时候的我除了担心洁妮根本没有力气再去想到他。而现在当黄蓉跟我说起这些的时候，自责感一下子便涌上了心头。

我给傅思齐打了几通电话，始终是无人接听的状态。脑海里灵光一闪，以前他告诉过我的宿舍号码浮在了脑海里，尝试着拨过去很快就被人接起了，我慌忙地说明了来意后才得到了一个医院的地址。

"傅思齐已经两天没回宿舍了，今天他们家那个黄蓉妹妹来帮他整理东西我才知道这样的事情。"

第六章

浮沉乱

123

他叹了口气，接着说道："我之前听说傅思齐谈了个女朋友，也不知道出了这种事为什么她一直都不出现。这女人，还真不如黄蓉靠得住。"

他室友的话像是一把匕首一样直直的刺进我的心里，可这样的情况容不得我想太多，匆匆地离开广场便打了辆车往医院赶去。

我到的时候夜色已经很深了，从前台那确认了病房号之后我便急急忙忙地往那边去，可是越临近我越觉得心底慌慌的。

那种不安与胆怯像是从骨子里溢出来的一样，在此之前是从来都没有过的。

踌躇地站在门外，我正犹豫着要不要进去，门却从里面打开了。紧接着黄蓉出现在了我的面前，似乎是没想过会看到我，她一惊手里的保温桶便掉落在地。

"怎么了蓉蓉？"

似乎是听见门外的响动，傅思齐的话从里面传了出来。

黄蓉回头看他，嘴唇张开刚想说些什么便被我绕了过去走进房。而似乎是没想到我会在这个时候出现，傅思齐愣了下随即开口问道："小雅，你怎么会来？"

他半躺在病床上，脸颊的两侧有着明显的瘀青，就连右手的手肘上都被打着石膏。我心紧了紧，跟着走了过去问道："这是谁做的？"

见我这么问，傅思齐没有回答。他抿了抿嘴唇，说道："是谁做的有那么重要吗？小雅，既然这件事已经发生了，不如就让他过去了。"

傅思齐这个人我太了解不过了，这么和善的他根本做不出挑衅别人的事情。一种不好的预感从心底冒出来，即使我不想承认但是却无力反驳。

我有些悲伤地看向他，问道："是周翰做的吗？"

傅思齐不说话，倒是黄蓉忍不住的从门口冲了进来。她一把推开我，指着我骂道："弥雅，你又何必在这里假惺惺的。你跟那个周翰到底是什么关系，为什么他会打思齐我想你比谁都要清楚。"

黄蓉的话扎的我心里一片疼痛。我有些无力地往后退了两步就听见傅思齐冲着黄蓉厉声道："蓉蓉，你不要这么说小雅。"

"可是她……"

黄蓉似乎还想要在说些什么，却被傅思齐给打断了。

他说："蓉蓉，这么晚你就先回去吧。"

黄蓉的眼底在这一刻写满了难以置信，好一会儿才绝望地笑出声。

"好，我走。"

黄蓉离开后，病房里变得冷清起来。我傻傻地站在那里根本不知道该说些什么，周翰是因为我才会找傅思齐的麻烦，这个时候我似乎说什么都是错的。

而见我不说话，傅思齐倒是先开了口。

他说："小雅，你过来，我现在动不了。"

听他这么说，我慢慢地挪了过去。

　　傅思齐牵起了我的手，他的掌心一片温暖，反倒是我的不知道从什么时候开始就变得冰冷一片。

　　"小雅，这件事情我没告诉你是我的不对，我想你最近因为洁妮的事情都已经够费心了，就没必要再说这些让你添堵。"

　　傅思齐的话一说出口便让我泪如雨下。这个时候他所做的并不是指责而是安慰，可是这样的安慰却让我的心里更不好受。我宁可他骂骂我，宁可他说点别的什么，都好过于现在让我内心这么的煎熬。我想傅思齐是那么的好，可我到底还能不能够配得上他。

　　见我一直哭，傅思齐很努力地想要将受伤的手抬起来给我擦眼泪。挣扎了好一会儿无果后，他有些无奈地笑了笑，说道："小雅，你别再哭了，我这么一直抬着手太累了。"

　　他的话刚落下我便不敢再哭出来，只能够断断续续地抽泣着。而像是安慰我一样，他的手指来来回回地在我的手背上摩挲着。

　　两个人就这么沉默了几分钟，我才控制好自己的情绪，心疼地问道："你现在还痛不痛？"

　　"不痛了。"他笑着说道，"只要看到你，什么都不痛了。"

　　这大概是我这一辈子听到过最美的情话了。

　　我有些感动地反握住他的手，一遍遍地说着"对不起"。

　　对不起，让你因为我受了这么多的苦。

　　对不起，这段时间以来对你的忽略。

对不起，要你包容我这么多的不完美。

跟傅思齐两个人相处了约莫一个小时，直到护士来查房我才依依不舍地离开。而刚出医院没多久，我便看见了等在那儿的黄蓉。

这个天的夜晚已经算得上寒冷了，而她似乎是一直站在那里没有离开过。

见我出来，她第一时间便走了过来，她的脸上带着寒意。她说："弥雅，到底要怎么样你才会离开思齐，你和他根本就不合适。"

似乎每一次见面，黄蓉都要说些类似的话。

这几天以来的心神疲惫让我根本懒得再跟她多说，我从她的身边绕过继续往前走，可她却像是打了鸡血一样一直拦着我的路。

如此反复几次，我终于忍不住发怒。

"我和傅思齐合不合适轮不到你来说。你以为你是谁？你不过只是他从小玩到大的妹妹而已，凭什么管的这么宽。"

我特地加重"妹妹"这两个字，果不其然看见黄蓉的脸色白了几分。

正当我以为她会知难而退的时候，她又开口道："弥雅，我知道傅思齐只拿我当妹妹。可是你也知道我喜欢他，我真的是不忍心再看着他为了你受这么多的伤。"

区别于先前的句句针对，黄蓉的这段话就显得走心很多。她脸上的难过让我有些动容，我想大概每个女生在对于自己喜欢的人总是会付出太多。

不管是洁妮，黄蓉还是我。

倘若，来得及
If, It's Still On Time

我看着她一脸乞求，心终究还是软了下来。

"黄蓉，你这又是何必呢。"我无奈地说道："我跟你一样，也是真心喜欢着傅思齐。如果说他不喜欢我，那么我也不会去强求。可是现在他喜欢我，我们在一起。我知道这样也许会给他带来太多的麻烦，就拿这次的事情来说，是我自己太疏忽。我没办法去保证什么，但是只要傅思齐还想跟我在一起我就不会那么轻易地说放手。"

大概是没想过我会说出这样的话，黄蓉的身子微微地怔了一下，随即看向我问道："就算他会再受伤？"

"是的。"我看向她，内心是我自己都不知道从哪来的坚定。"只要他还喜欢我，还愿意跟我在一起。"

周围有风"呼呼"吹过，黄蓉不再开口，望了我好一会儿才从我的身边绕过去，离开。

我站在空荡荡的街上给周翰打电话，周围除了寂寞的风声就只剩下我浅薄的呼吸。电话响了很久才被接起，而那端传来的嘈杂声和音乐声一瞬间炸穿了耳膜。

"喂，哪位？"

是女生不耐烦的声音。

我虽然有些惊讶，但是很快地就反应了过来，冷冷地说道："麻烦你让周翰接下电话。"

那边开始传来窸窸窣窣的声音，没一会儿周翰的声音便传了过来。"弥雅，什么事？"

他的声音是我前所未见到过的冷淡。可是这个时候我没有空去想太多，直接开口便问道："傅思齐的事情是不是你做的？"

电话那边沉默了两秒。

"是我做的。"周翰说道，"如果你是要因为这个来跟我说些什么，那么我想大可不必。"

他的话说完便没有在等我的答复就直接挂断了。而从刚才的电话背景里我大概的分辨出了他现在所在的地方，只是稍微地斟酌了下我便决定去找他。

有些事情，如果现在不解决，那么到以后只会更难处理。

我到酒吧街的时候已经快11点了，这条酒吧街却热闹极了，似乎所有的人在这里都不会感觉累，路过每间pub的门口都能听见里面震耳欲聋的喧哗声。

"不归"。

这是周翰以前带我来过的地方，人醉终不归。

我在门口处深呼吸了一口气迈开步子走了进去，里面的DJ在打着歌，舞池里扭动着一具具年轻的身体。我在里面找了好一会儿才在角落里看见了周翰，他靠在沙发上，面前的桌子上放着几个酒瓶，闭着眼睛不知道在想着什么。

我走了过去碰了碰他。他有些不耐烦地睁开眼，却在看到我的那一瞬间

转变成了震惊。

我跟他一前一后地离开酒吧街，这个点街上已经没有了行人。深秋的晚风吹得我脸颊生疼，我看向他毫不犹豫地开口道："周翰，你以后做事能不能考虑点我的感受？"

我的话音刚落下，他便忽然冷笑了出声。他说："小雅，那么你呢，你跟傅思齐在一起有考虑过我的感受吗？"

"我和傅思齐在一起是我的自由。"我紧紧地盯着他的眼睛，"周翰，我是一个单独的个体，并不是你的所有品。我喜欢谁，跟谁在一起，没有必要得到你的同意。"

"那么我打他，讨厌他也是我的自由，我也没必要得到你的同意。"

我想我跟周翰的对话可能永远是不在一条线上的，他的反驳让我觉得像是在跟小孩子谈条件医院。我觉得有些心累，不明白为什么周翰会变成现在这个样子。

见我沉默不说话，他说道："小雅，如果你还继续跟傅思齐在一起的话，我真不知道自己还会做出什么可怕的事情来。"

他的话让我觉得愤怒又可笑。

"你凭什么这么做？"

"就凭我比他有钱有势。"

不置可否，周翰说出了一个事实。虽然很不想要承认，但是现在的这个社会似乎真的已经有了有钱能使鬼推磨的地步。

傅思齐的家庭比不过周翰。他只是个勤工俭学的好学生，然而这样的他似乎就像只蚂蚁，只要被周翰轻轻一捏就会死掉。

"你到底想要做什么？"我有些绝望地冲着周翰吼道。

"我想要你。"他看向我，说道："小雅，离开他，回到我的身边来。"

"周翰，我不喜欢你，你为什么一定还要这么强求。"

我的话并未得到他的理解，他说："小雅，只要我喜欢你就够了，只要你待在我身边我相信总有一天你也会喜欢上我的。"

周翰的偏执让我不知道该再说些什么话，仿佛说得越多错的也就越多。

而见我不再说话，周翰沉吟了一下，接着说道："小雅，你要知道，傅思齐的家庭是根本配不上你的。或许你觉得现在两个人在一起只要喜欢就可以，可是出了学校呢，在面对现实生活的时候，你就会知道自己的选择是有多么的愚蠢。"

不是没有想过未来，可是现在住在象牙塔里面的我还是对傅思齐，对于我们的未来抱有十二分的信心。因为那个人是傅思齐，所以未来的一切好像都不值得惧怕了。

我看向周翰，目光里是满满的坚定。

我说："我想要跟他在一起，不管是现在还是未来。"

大概是我的态度彻底的惹恼了周翰，他一拳就砸在了旁边的墙壁上。

"我怎么说什么你都听不进去，之前去找傅思齐那小子也是。"

"你去找过傅思齐？"我心上一惊，问道："你都跟他说了些什么。"

周翰看了我好一会儿，才缓缓地开口说道："我让他离开你，我告诉他我可以送他出国，可以给他更好的一切，可以让他不用再这么辛苦的去赚生活费。"

周翰的话让我彻底地惊住，好一会儿我才愤怒地冲着他吼道："你怎么可以这么做？"

"我这一切都是为了你。"周翰冲着我大叫道，"弥雅，我喜欢了你这么久，你为什么还要跟别人在一起。我凭什么要受着伤还去祝福你们，凭什么！"

周翰的回答让我彻底的心灰意冷，我想这已经不是我认识的那个周翰了。我有些无力的转过身，"周翰，我想此后或许我们不再是朋友了。"

这句话说完我便没有丝毫留念的离开，而耳边似乎传来了周翰踢旁边车子的警报声。

一声声的，在这个寂静的夜晚显得格外的刺耳。

02

第二天我拖着疲惫的身体照例跟赵小乔先去医院看了洁妮。安伯母不知道什么时候从外地赶了回来，在一旁照顾着她。

昨夜的心神俱疲让我根本没有开口的力气，勉强的过完了一早上我便先起身离开。

出了医院后我打了个电话给傅思齐，可是好久都没有人接起，我猜想着他在做些什么，不由自主地便打了辆车过去。

我没想过会在医院的门口遇到正出来的傅伯父，双方短暂的惊讶后我先礼貌的过去打了声招呼。而看到我，他的表情一直不太好。

他说："弥雅，我们谈谈吧。"

是医院不远处的咖啡厅，我和傅伯父面对面地坐着。正值饭点，不少人在吃饭，低低的交谈声若隐若现的传过来。

我低着头，大气都不敢喘。

也不知道过了多久，我听见他叹了口气说道："弥雅，离开思齐吧。"

我抬起头有些难以置信地看向傅伯父，我以为上次的事情已经让他对我和傅思齐有些改变，却没想到又在一瞬间被打回了原形。

我咬着牙努力的克制住自己的眼泪，我不明白为什么每个人都在逼着我离开傅思齐。周翰如此，黄蓉如此，现在就连傅伯父也是这样。

见我不说话，他再次开口道："我知道你是个好女孩子，可是我们家就傅思齐一个，我真的不忍心看着他为了你去冒险。"

心脏仿佛被人用力地撕开了一个口子，紧接着呼啸着的冷风狠狠地灌入。我忽然就想起了第一次见到傅思齐的样子，他站在热烈的日光下，就像是从天而降的小天神。

我站起身来，用力地朝傅伯父鞠了几个躬。

"对不起，叔叔，这件事我真的做不到。"

离开傅思齐？我怎么可能狠得下心。

再回到医院，还未进入病房便听见了黄蓉跟护士说话的声音。两个人交谈了下傅思齐需要注意些什么后，护士小姐打趣的说她是中国好女友。

我就这么站在病房外，进也不是退也不是。

原来，不管在傅思齐的室友眼里还是这个陌生的护士小姐眼里，黄蓉都更像是她的女朋友。可是我呢，我又是谁？

我有些心烦意乱地靠在墙壁，平复好了心情才推开门走进去。而一见到我，里面的人都愣了愣。黄蓉削着苹果的手僵在那里，抿着嘴巴不出声。

倒是傅思齐笑着招呼我过去，拉住我的手对着护士小姐说道："这个才是我的女朋友，蓉蓉只是我的妹妹而已。"

傅思齐的话让护士小姐了然地笑了笑，推过车收拾好东西便走了出去。

我站在他身边低下身开始问他今天有没有哪里难受，要不要吃点什么。傅思齐一直笑着回答我，告诉我不要这么担心。

正在这时，原本一直站在原地的黄蓉拿着削好的苹果递了过来。

"给。"

我伸出手去替傅思齐接过苹果，说道："谢谢你了，黄蓉。"

似乎是没想到我会这么做，她愣了愣说道："没事的。"

"如果没什么事的话你就先回去吧，这里有我照顾就行了。"

我的话说完便得到了傅思齐的附和。

"是啊，蓉蓉，你下午不是还有课么就先回去吧，这里有小雅看着就可以了。"

我看见黄蓉的眼底闪过一丝悲伤，她点了点头转过身准备离开。而就在刹那间她的脚被椅子给绊了一下，接着整个人都砸向了病床。

我不知道她是真的不小心还是故意的。

"没事吧？蓉蓉。"

听着傅思齐关心的声音，我的心就像是被蚂蚁啃噬着一样密密麻麻的疼痛。

那边黄蓉面对着傅思齐的关心显然很受用，扮演着弱小的角色哄骗着他的同情。我闭上眼睛有些难过，好一会儿才逃也似的跑去卫生间。

用冷水拍着脸，我试图让自己清醒过来。

我不停地告诉着自己傅思齐是爱我的，我们俩就算有再多的阻碍也是能走到最后的。可是从心里冒出来的不确信一点儿一点儿地在吞噬着我，他对黄蓉的好就像是一根刺一样的扎在我的心底。我知道这一切只是我的小心眼，可是我就是做不到放下心。

傅伯父的态度先前就已经表现得很明白了，在他眼里我不如黄蓉，他想要的儿媳妇从始至终都是和傅思齐青梅竹马、一起长大的蓉蓉。

放在口袋里的手机响了起来，是赵小乔。

"喂，有什么事情吗？"

"你怎么了？怎么听起来这么累？"许是我声音里的疲倦让赵小乔起了疑，她一开口便直接问道。

倘若,
来得及

If, It's Still On Time

"没什么。"何必让自己的不开心影响到别人呢,我问道:"你找我有什么事?"

"你就别骗我了。"赵小乔骂道:"本姑娘跟你这么多年,你一撅屁股我都知道你要放什么味道的屁。你在哪里告诉我,我们见面再谈。"

赵小乔的话虽然粗俗,却在这一刻意外的暖心。

我看了眼从水龙头里汩汩流出的水,告诉了她我在的位置。

打了个电话通知傅思齐我有点儿急事就先走了,电话那端的他听不出情绪,只是让我不要担心他,照顾好自己。

说不感动是不可能的,只是我不确定这样的感动还能支持我多长时间不崩溃。

我站在医院的门口等赵小乔,身边不断经过这神色匆忙的家属。我觉得医院真的不是个好地方,在这里太多的悲伤得不到隐藏。

赵小乔下了计程车便朝我跑了过来,"到底出了什么事?"

看着她脸上深深地担忧,压抑在心里的难过又再一次的席卷而来。我想这或许就是朋友,就算我们发生了不愉快,就算我们喜欢上了同一个男生,可是最后她还是会站在我的身边,替我阻挡住所有暴雨的来袭。

我们坐在餐厅里,面前是散发着热气的奶茶。我开始跟她说起这段时间来所遇到的一切,说起黄蓉,说起周翰,说起傅思齐的爸爸。

那些横隔在我和傅思齐之间的阻碍,在一刻全被娓娓道来。

而当我说完这一切后，我看见赵小乔的眼睛里是满满的心疼。她说："弥雅，我真的没想到周翰真的会做出这种事情来，我以为他只会是一时气愤。"

"何止是你呢，连我自己都没想过他会这么做。"我无可奈何地扯出一抹苦笑，"赵小乔，我真害怕他会再做出些什么来。"

听我这么说，赵小乔立马接口道："你别担心了，周翰那边我会帮你搞定，他要再敢做些什么我直接去找他爸妈说去，我还就不信了。"

赵小乔的话让我略微的宽了心，她家跟周家本就是世交，要是真到了那一步她去找周家父母也比我来得靠谱的多。

我喝了一口面前的奶茶，之前的寒意似乎得到了些许的驱散。

赵小乔说："我都差点忘了正事了。这周末项阳给洁妮办了个个人作品展，你到时候一定要过去。至于周翰，你就别管，这两天我就找他谈谈。"

人似乎就是这样，想说的话太多反倒是越说不出口。

我坐在傅思齐病床旁的椅子上，看着他闭着眼睡觉的模样。正值深夜，我趁着值班护士交接的时候偷偷摸摸的溜了进来。

我想傅思齐似乎是在做着什么不好的梦，眉头紧紧地锁在一起。

这就是我所深爱着的人。

我伸出手去，不由自主地想要去抚平他眉间的那个"川"字。

或许是我的手心太冷，在我的手放上去的那一瞬间他醒了过来。

傅思齐愣了愣，疑惑地问道："小雅，你怎么会在这里？"

我笑了笑，说道："想你了，就过来看看你。"

大概是我说的话太过于露骨，我看见傅思齐微怔了两秒后忽然牵住我的手。他说："我刚才做梦梦到你要离开我，可是一醒过来却发现你还在我身边，这样的感觉真好。"

原来他也会担心我会离开他。

心里仿佛一瞬间升起了艳阳，原本的寒冷似乎渐渐地被驱散。我回握住他的手，像是抓住了这整个世界的宝物。

"思齐，之前周翰是不是来找过你。"

我的话让傅思齐的身体僵硬了一下："为什么会这么问？"

"我去找过周翰了，他说他之前有找过你一次想让你离开我，可是你没有答应。"

"嗯，他是找过我。"他不能够再隐瞒下去，只能够原原本本地说出来，傅思齐说："我知道他喜欢你，也知道他的条件要比我好上许多。他说我给不了你幸福，可是在我看来没有什么是比两个人相爱更幸福的事情了。"

"他说只要我离开你就能给我很多钱和其他东西，可是爱情不是交易。周翰这样做不仅是看低了我，更是看低了你。在我的心里，没有什么是比你还要重要的。"

傅思齐深情地看着我，说道："小雅，你才是我这一生最大的财富。"

整个房间在他说完这段话后都变得寂静起来，只剩下两个人心脏跳动的

138

声音。而不知道那一句话开始，我的泪腺就已经自动开始分泌出了液体。

我想这样真好，原来所有的一切并不是只有我一个人在坚持，傅思齐也曾在我看不见的地方默默地守护着我们两个人的爱情。

洁妮的个人展在这个周末顺利的展开着。项阳租用了市内最大的展厅，免费地对外开放。我去的时候，门外竖起了高高的牌子。

背景是洁妮跳舞的画面，旁边附上了项阳的独白。

这场名为"浮梦"的个展，来参观的人也是很多。顺着门往里面走，一幅幅的全是洁妮的照片。有的在旋转，有的在跳跃，她穿着纯白的芭蕾舞裙美好的就像是一个天使。

周围是人们些许的交谈声，或感慨着命运的不公平。

我看见不远处的赵小乔正看着一张照片，她的背影有些落寞。我走了过去拍了拍她的肩膀，在她回头的那一瞬间我清楚看见了她眼眶里的眼泪。

她说："弥雅，你看这张照片。"

那是一张属于我们3个人的合影，我们全都身穿着芭蕾舞裙笑得灿烂。直到现在我依旧还记得那是洁妮第一次参加市艺术团举办的舞蹈大赛，那时候为了替她打气我和赵小乔都穿上了芭蕾舞裙去现场加油。

那场比赛的结果是好的，洁妮打败了所有的对手取得了第一。而就是那个时候，这张照片被按下了快门保存了起来。

只是那时候，忽然离现在好远。

场内的灯光开始渐渐地暗了下去，正中心的大荧幕上开始播放起了幻灯

片。洁妮每一次的舞蹈比赛视频被剪辑了出来，做成了这卷纪录片。

我站在赵小乔的旁边，两个人早就已经泣不成声。

而在这卷带子播完的时候，项阳忽然拉着洁妮的手出现在了台前。区别于以前玩世不恭的他，这一刻他穿得十分的正式。

他看向站在他身侧一身纯白的洁妮，深情款款地开口说道："洁妮，我以前总是在担心着长大，害怕长大了以后就不能再过的随性。可是直到遇见你，我却希望着时间能过的再快一点儿，让我能够强大到可以保护你。只要能够和你在一起，未来似乎变得不再那么可怕。"

"不管你变成了什么样子，在我的心里你都是我第一眼所见到的那个精灵。尽管有可能你以后再也不能够跳舞，可是那有什么关系呢，你还有我。我会一直照顾你、宠爱你，给你我所有的一切。"

项阳的告白让这个会场都沸腾了起来，我看见站在他身侧的洁妮早就已经泪如雨下。可是我和赵小乔又何尝不是呢，我想这或许已经是最好的结果了。

至少，洁妮还有一个项阳来疼爱着。

他们之间没有任何阻碍，没有人会去破坏他们的幸福。

03

"弥雅，明天要不要陪我去寺里面上炷香？"老妈从卧室门外探进来一个头，"洁妮不是住院了吗？我看你最近气色也不好，不如就跟我去求求神

140

庇佑。"

原来我气色不顺的事情每个人都能看得出来，我愣了愣神就又听见老妈的声音："就这么定了，明天一早我喊你起来。"

收拾好手里面的东西，我躺在床上给傅思齐发短信。这两天他已经出院回家休养，为了怕傅伯父看到我不开心，我很自觉地没有去打扰。

这样，手机变成了我们俩唯一的沟通工具。我们会交换着彼此今天做了些什么，身边发生了什么事情。在听说我明天要去上香的时候他表示赞同，按照他的话来说就是鬼神这种东西信不信都是无所谓的，但是却不能够亵渎。

我倒是真的希望这世界上有神明，只要我去求求他便能够得到照顾。只要拜他，将来的一切苦厄都会远离。

又跟傅思齐聊了许久，两个人才互相道了晚安。

这一觉我睡得很沉，也做了个很长的梦。梦里面有赵小乔，有洁妮，那还是我们的高中时代，我们3个一块牵着手吃着冰激凌。再后来傅思齐出现了，那是一条栽满了粉红色樱花树的街道，正值花开的季节，整个世界都是一片粉红色的海。他站在那条街的尽头冲着我笑，而他的手朝我伸过来，可无论我怎么跑，好像都永远够不到一样。

我是被老妈叫醒的，在床上出神了几分钟，才发现枕头上已经汗湿了一片。

心里像是被什么东西堵住了一样，好一会儿才像往常一样地下床洗漱。

耳边依旧是老妈絮絮叨叨的说话声，可梦里面发生的事情却紧紧地萦绕在脑海中。

我和傅思齐到底会有个怎么样的以后，我甚至已经不敢再去想象。

我老妈这个人比较信佛，每年都要去隔壁市山上的寺庙去拜上几次。求神明保佑我们全家的身体健康，我的房间里至今还保留着她在我小时候给我求的平安符。

有时候她会问我要不要跟她一起去，而我觉得麻烦在长大以后便再也没有去过。如今细数起来，倒也有些年头。

那座观音庙在我们附近这一代很有名气，从山脚往上走随处都可见拎着篮子的信徒。香气从山顶迎着风飘了下来，整个人都不由的心定了下去。

约莫走了一个小时，观音庙才出现在了眼前。这个时候院子里已经挤满了人，正中心的香炉里烧着不知道是什么香，一群人跪在那里叩拜。

"弥雅你自己先逛一逛，我去找下住持。"

我妈说完这段话便我把撇下一个人往内堂走，我站在那里好一会儿才被右边那颗挂满红色缎带的树给吸引，树下有人不断往上抛着缎带。

我觉得好奇便往那边走了过去，在心里猜测着这大概就是电视剧里常出现的许愿树。

旁边有摆摊的老奶奶冲着我说道："姑娘，这棵树可是吸收着这座庙的香火长大的，到现在也有好几百年了，灵验得很。"

"真的有这么灵验？"

"当然了，这棵树无论你求什么都会得到保佑。我们这的人叫它神树，不少人求了它最后都得到了好运。我看小姑娘你应该也有了喜欢的人吧，不如就买根缎带，写上自己心里的话扔上去，一定会成真的。"

她的话让我蠢蠢欲动。这些日子以来的压力太大，我想也该找点儿寄托。

付了钱，从老奶奶那里借了一支笔，我便趴在那里想该写些什么。我的愿望那么多，如果都写上去的话会不会显得太贪心。

犹豫了好一会儿，我才提起笔写到——

愿我所爱之人一生无忧。

不管是我的家人，我的朋友，还是我的爱人，我都希望他们这一生无所苦厄。

把手张开，高高的将缎带抛弃，我闭上眼睛乞求神明能够听见我的祷告。而就在这个时候，我忽然觉得头顶上阴凉一片，似乎是有人站在了我的身边。

有些疑惑地睁开眼，我就看见了傅思齐站在了我的面前。

说不清楚的感觉从心底蔓延了开来，我有些惊讶地开口问道："你怎么会在这里？"

"我想你了。"

短短的一句话，就像是春风拂过大地，一瞬间周围的花都开了。先前不能见到他的委屈一瞬间涌上了心头，刺激的鼻子酸酸的。

第六章
浮沉乱

143

顾不得旁人的目光，我一头扎进了他的怀里，紧紧地拥抱住他。那熟悉的气息，和温暖的怀抱，我大概是有太久没有感受了，所以才会在这一刻忍不住的泪流。

见我哭了，傅思齐轻轻地拍着我的背安慰道："好啦，都多大的人了还哭鼻子，也不怕别人看见了笑话。"

"笑话就笑话，没什么大不了的。"我不服气的顶嘴道。

"行，你是女王，你说什么就是什么。"

就这样两个人不知道抱了多久，直到传来我妈喊我的声音。我一惊，连忙松开了自己的手，有些无措地站在那里。

我谈恋爱的事情并没有跟她提起过，她虽然没有明确的说过不准我谈恋爱，但是我心里还是觉得毛毛的。

似乎是感觉到了我的情绪，傅思齐也明白了来的人是谁，当下便鞠了一躬说道："阿姨好，我是小雅的朋友傅思齐。"

我看见我妈的眉毛挑了挑，倒也不拆穿什么，只是淡淡地应了声便又走开。

这件意外发生得太突然，直到我妈离开许久我才反应过来，对傅思齐娇嗔道："都怪你好好的来找我，这下被我妈发现了吧。"

"那有什么不好的。"傅思齐握住我的手，说道："我想跟你在一起这件事被谁知道了都没有什么不对。"

他目光里的深情让我觉得备感甜蜜。

我妈没有再出现，大概是怕妨碍到我们，自己去还愿了。我和傅思齐牵着走漫步在这香气缭绕的山中，我有些疑惑地问道："叔叔怎么会同意你出来找我？"

　　这几天，我从他的短信里大概了解到傅伯父因为担心他的伤口发炎，所以都是禁止他外出的。见我这么问，他愣了下随即有些掩饰地说道："没什么。"

　　因为太了解傅思齐，他刻意地闪躲让我明白了事情并没有那么简单。我松开他握住的手，停下了脚步，看向他，再次问道："你到底是怎么出来的？"

　　大概是察觉到我的脸色不好，他沉默了好一会儿才低声道："是蓉蓉帮的我，她帮我骗了爸爸，说是要跟我出去才把我带出来的。"

　　果不其然，能有这么大本事瞒着傅伯父帮他逃出来的人也只有黄蓉了。彻骨的寒冷从心里的某个角落里蔓延出来，我往后退了一步，说道："你明知道黄蓉对你的心思为什么还要这么做？你明明知道你爸爸有多么喜欢她，你现在这么做不就是在告诉你爸爸你跟黄蓉才是最合适的。"

　　我的指责让傅思齐有些难以置信，他看了我好一会儿才开口说道："弥雅，我做的这一切都是为了你。"

　　"为了我？"我苦笑道，"为了我你才表现出跟黄蓉那么的要好吗？为了我所以你才在你爸爸面前表现出跟她是一对吗？傅思齐，你到底知不知道在我眼里爱情是容不得半点沙子的。我宁可你不见我，也不忍受你因为要见

我而跟黄蓉演这么一出戏。"

我的话让傅思齐彻底的沉默不语,我有些寒心地看向他,"是不是以后我们都要这个样子,不管走到哪里都是3个人?不管有什么事都要让黄蓉插上一脚?傅思齐,我才是你的女朋友,我没有从黄蓉那里偷了你,为什么现在却偏偏要弄得像是我们亏欠了她一样。"

我垂下眼,有些绝望地说道:"现在我就问你一句,你要不要离开她?"

我话里的决绝让傅思齐慌了神,他看着我的眼神里多了几份欲言又止,好一会儿才请求似的开口说道:"小雅,你相信我,我对蓉蓉真的没别的什么想法。这些年他们家帮了我们家许多,我不能就这么丢下蓉蓉不管。"

傅思齐话里面的恳求让我的心像是被针绵绵的扎着,我苦笑了下,"那就这样吧,没什么事我就先回去了。"

说完这些,我不再理会傅思齐就转身往庙里面走去。

见我一个人回来,我妈有些惊讶,问道:"你那个小男友呢?"

"什么小男友。"

"别装了,你妈吃过的盐比你吃过的米还多,那小子跟你什么关系我看一眼就知道了。"

说着,她瞅了瞅脸色不太好的我,猜测道:"吵架了?"

我妈这样的态度让我觉得有些感动,我凑了过去抱住她的胳膊问道:

146

"妈，你说两个人在一起到底什么是最重要的。"

似乎是没想过我会问这种问题，我妈愣了下随即说道："当然是开心啊，两个人在一起如果不开心的话那么为什么还要在一起呢。"

是啊，两个人在一起最重要的就是开心。可是现在，我和傅思齐之间的开心好像越来越少，剩下的就是无止境的疲惫。

见我不再说话，我妈轻轻地拂过我的头发，叹了口气说道："小雅啊，我一直希望你能够遇到个真正疼爱你的人。他不需要多有钱，也不需要长的多帅，但是他一定要爱你。只要爱你，那么我们家便能接受他所有的一切。"

我妈话里面的决心让我为之动容，我想这就是为人父母的心。

跟着她上完香，在天黑之前我们下了山。回去的路上赵小乔发了条短信约我出去，说是有事情要跟我谈。

回到家，我把东西收拾了下便离开了家去找赵小乔。到餐厅的时候已经是九点多了，她跟洁妮早早地便等在了那。

"发生什么事情了？"我走过去刚坐下便开口问道。

赵小乔看着我的眼光里带着点心疼，她说："小雅，我找周翰谈过了，可他对于我的话根本听不进去。"

这样的结果，是我先前就能想到的。

"没关系。"

我的话音刚落赵小乔又接着问道："那你准备怎么办？"

"就这么顺其自然吧。"

一天的筋疲力尽让我忍不住的靠在沙发上，眼皮不由自主地合了起来，而耳边是洁妮的声音。

"小雅，是不是出了什么事情了？"

很多时候，洁妮都比赵小乔看到的多。我的疲惫在她的眼睛里无所遁形，我张开眼忽然便觉得有些事情自己一个人撑不下去了。

我需要跟她们说，需要倾诉着我的难过与悲伤。

我开始跟他们说起这段时间发生的事情，说起黄蓉的虎视眈眈，说起傅思齐的模棱两可，说起傅伯父对我们的不赞成。

我说这样的四面楚歌的境地让我快要崩溃。

我从餐厅里的人潮汹涌说到了只剩下几桌客人，到最后我终于还是忍不住哭了起来。我想这段时间我哭得次数已经太多了，可是偏偏还是忍不住。

赵小乔心疼地从对面跑了过来抱住我，不停地在我的耳边安慰着，谩骂着傅思齐的薄情。

可是这样却并没有让我好受多少，她说的那些话在这一刻都像是在嘲笑着我的活该。

好一会儿，我才听见洁妮叹了口气说道："小雅，如果你真的没有勇气在坚持下去的话，那么分开对你们来说是最好的。我跟小乔都不忍心看着你受苦，这么的折磨自己。如果分开能够让你开心的话，那么就分开吧。这个世界并不是只有一个傅思齐。"

洁妮的话我都懂。可是即使这段感情再怎么艰难，再怎么布满荆棘，我至今还没有想过分手。这个世界上虽然不是只有一个傅思齐，但是属于我的却只有他而已。

我不敢想象，万一真的有那么一天，我会变成什么样。

失去傅思齐的自己，我根本不敢去想象。

我和傅思齐开始了冷战。他不再给我发短信打电话，而我也成天的待在家里不想去学校。我怕见到他，怕只要一见到他我所有的防备会再次崩塌，怕只要他一说话我便忍不住地将黄蓉的事情抛之脑后。

我知道，有些事情趁着现在处理掉才是最好的选择。

我没想过有一天黄蓉会约我出去见面。收到她短信的时候我正蓬头垢面地躺在床上胡思乱想，而她的短信却一下子让我打了鸡血。

我用半个小时的时间洗了头发敷了面膜，至少从表面上看上去要光鲜亮丽。大概女人在对待情敌上就会表现的跟我一样，不由自主地想要把对方比下去。

约见面的地方是在学校的人工湖，虽然我很想骂她为什么不约在外面但是终究还是没开口。一个人从家里打车到了学校，正值傍晚，学校内的行人很少。

我到的时候黄蓉已经等在了那里，看到我，她眼里的放松变成了戒备。

"你找我有什么事吗？"

黄蓉看向我，一字一句地说道："弥雅，请你离开傅思齐。"

这句话，如果我没记错的话前几天的晚上我才听她说起过，而在当时我的决心是不可动摇的。我盯着她好一会儿，才开口问道："你为什么还要这么说。"

我的话音刚落，便听见黄蓉的叫声。

"因为我看不下去了！"

"我不知道你跟思齐发生了什么事情，但是他的难过我看在眼里。这几天不管我说什么他都一直在走神，弥雅，你没有任何的权利去这么伤害他。"

黄蓉的话让我微微愣神，我知道或许上一次的不欢而散会让彼此很受伤害，但是这样的话从别人的口里说出来多少就变了点意味。

我忽地扯出一抹冷笑，说道："上次我就已经告诉你了，我和傅思齐的事情我们自己会解决，轮不到你这个外人来插手。"

"外人？"黄蓉怔了下，随即反驳道："弥雅，在我看来你才是个外人。"

"我和思齐从小便认识，我们有过的回忆远比你们这几个月要珍贵得多。虽然思齐喜欢你，但是你别忘了，还有傅叔叔在，只要他不同意，你们撑不到最后。"

不置可否，黄蓉说到了我的软肋。

我讨厌她这么清楚地知道我们之间的差距，这样的认知让我觉得难堪。

我脸色不好的看着她，冷冷地说道："如果你要说的只是这些，那么我就先走了。"

"别急。"黄蓉忽然笑了起来，像是盛开着的黑罂粟，她说："弥雅，不如我们来做个测试，比比看在傅思齐的心里谁更重要。"

我还没反应过来她说这话是什么意思，脚下一个趔趄便被她推进了湖里。从四面八方的湖水冲进我的口鼻，紧接着，"扑通"一声，黄蓉跟着也跳了下来。

而不知道是不是我的错觉，我似乎看见了不远处傅思齐跑了过来，焦急地呼喊着谁的名字。

时间似乎在这一刻变得漫长了起来。我挣扎着，呼吸也渐渐变得困难起来。不知道过了多久，或许也就是几秒钟的时间，我看见傅思齐出现在了岸边，周边也渐渐地聚集了人群。

我看见他奋不顾身地跳了进来，正当我以为自己得救了的时候，他却径自的从我身边绕过一把揽住了黄蓉。

那一瞬间，我彻底地明白了什么叫心如死灰。我想就此沉溺在这湖水里，永不醒来。可跟着便有一双手抱起了我，耳边是陌生人关切的声音。

"小姑娘，你可千万别睡过去，你睁开眼看看，已经没事了。"

我勉强地抬起眼，就看见一个陌生的男生抱着我一脸焦急地往岸边走，他的手臂透过这寒冷的湖水没给我多少温暖。

快到岸的时候，早就上去了的傅思齐已经等在那了，见我们过去马上从那个男生的手里面接过我，一脸关切地询问道："小雅，你有没有什么事？"

我有没有什么事情现在还有那么重要吗？

看着面前的傅思齐，我忽然便很想哭。我想大概我是真的输给了黄蓉，输给了傅思齐那该死的情义和责任感。

我低着头沉默，任由他把我抱在怀里。

可是为什么，为什么他的怀抱会让我觉得那么冷？

我知道，我和傅思齐再也回不去了。

我推开他，轻声说道："傅思齐，我累了。"

就这样吧，趁什么都还来得及，就让一切都在这里结束吧。

离开的每一步都走得十分艰辛，背后的目光让我觉得如芒在背。

只是，我已经回不了头。

第七章

烟火祭

.If,

It's Still
On Time

01

你有过这种感觉吗？

明明是那么地想要但是却偏偏的要压抑住自己，那种悲伤和绝望。

那天我回到家后，半夜发起了高烧，迷糊的间隙中我似乎以为我会就这么死掉。然而这一切都并没有发生，在床上躺了几天后，我又变得生龙活虎了起来。

这期间，赵小乔和洁妮都来看望过我，就连一向只是点头之交的林漠漠都跑来了。她告诉我这几天在学生会看见傅思齐都是一副很不好的样子，问我们之间是不是发生了什么。我在一会儿的失神后将早已写好的请辞书交给了她，拜托她帮我递给部长。

这几天我想得很明白了，既然我和傅思齐存在那么多的问题，那么如今最好就是先别相见。

我一直觉得我和傅思齐有种默契，大概就是在两个人该冷静的时候能够做到互不打扰。我的生活又恢复了平静，只是我不清楚在这下面的暗涌会在哪一刻爆发出来。

赵小乔打电话告诉我周翰听说我掉进湖里的事情跑去傅思齐家找他算账的时候，我正拿在手里吃着的马卡龙一瞬间便掉落。

急急忙忙的从家里面冲了出去，想也不想便打了辆车往傅思齐家里赶。

我一直觉得爱情是两个人的事情，虽然这些日子得到的教训早就反驳了我这一点，但是我仍旧不希望再牵扯到周翰。

我到的时候周翰似乎也是刚来，两个人正站在傅思齐的家门口对峙着。

还好没打起来。我松了一口气，随即而来的羞耻感覆盖住全身。我走过去一把拉开周翰，说道："能不能别闹了，还嫌我丢人丢得不够？"

"小雅，是他对不起你。"

周翰话里面的不服气我听得清楚，可是又能有什么办法。傅思齐对不起我是因为我没办法接受他对黄蓉与生俱来的责任，而这样算下来我放弃他又何尝不是我对不起他。

"小雅……"

傅思齐看向我欲言又止。这些日子不见，他似乎消瘦了不少，下巴上全是青色的胡碴。我鼻子一酸，低下头控制着不让自己哭出声来。

我的反应让周翰再一次动了怒，他一把甩开我的手，冲上去就给了傅思齐一拳。

傅思齐跌倒在地的声音在空荡荡的弄堂里显得格外刺耳，我迅速回过神

155

来，跑过去扶起傅思齐，冲周翰喊道："你发什么疯呢？"

"我没有发疯，我只是在替你教训这个小子。"

周翰嘴硬的态度让我心里生了一股子的怒气，而还未来得及说点什么，背后刚才还紧闭着的门就被人打开了，紧接着是傅伯父威严的声音。

"你们闹够了没有！"

傅伯父的出现让我们3个人全部都愣住了，我和傅思齐不敢再说话，倒是周翰皱了皱眉，不屑地说："关你什么事？"

我立刻出声："周翰，不许你这么无礼。"

或许是看清了我眼里面的警告，周翰虽然不服气但是好歹也没有再乱说些什么。傅伯父来回看了我们一会儿，开口说道："有什么事情进屋再说，别站在外面，让人家看了笑话。"

语毕，他便率先走了进去，而我们几个也跟随着踏进了门。

这里似乎还是跟先前来的时候一样，院子的树下放着一张木桌，上面正在泡着茶。

傅伯父先坐了下来，对着我说道："小雅，你今天是来找思齐的？"

这个问题，我好像回答什么都是不对的，索性就站在那里不说话。

傅思齐张了张嘴喊了一声"爸"却被瞪了过去，一旁的周翰从进门后表情便有些怪异，好一会儿都没说话。

我们3个排排站在傅伯父的面前，就像是做错事了的孩子。

时间也不知道到底过去了多久，傅伯父才叹了口气，说道："本来你们小一辈的事情我这个老人家不该插手太多，但是我就傅思齐这一个儿子，我再怎么也不能看着他受到伤害。"

傅伯父转过脸去看向周翰，说道："你就是上次打我儿子的那个人吧，我知道你也喜欢弥雅，可是感情这种事情谁都说不清。就算傅思齐给你打死了弥雅也不见得会喜欢上你，你这又是何必呢。"

周翰闷着头没有再说话，连我都不清楚他在想些什么。

我说："傅叔叔，真是不好意思给你添了这么多麻烦，我现在就带周翰走。"

说完这些，我去伸手拉周翰，傅思齐站在我的旁边一直看着我。那目光里是太多我所读不懂的情绪，我没敢再逗留带着周翰赶紧的离开这里。

我怕再待下去，我的骄傲会在瞬间变得一文不值。

两个人相顾无言的不知道走了多久，直到周围的人潮渐渐开始变得汹涌起来，我听见周翰喊我的声音，带着些许的难过。

"小雅，陪我去喝一杯吧。"

这个点的酒吧都还未开门，我跟周翰在便利店里买了一袋子啤酒索性就到附近的广场上坐了下来。

把拉环打开，灌入了满嘴苦涩。

好一会儿，周翰才开口："小雅，你还喜欢傅思齐吗？"

倘若，
来得及
If, It's Still On Time

　　"喜欢。"几乎是不带一丝犹豫我便回答了他，再喝一口手中的啤酒，我有些苦涩地说道："可是那又怎么样呢，就像你以前所说的那样，这个世界并不是只要有喜欢就够了的。"

　　我的话让周翰沉默了许久，正当我以为他不会再说什么的时候他又自顾自地开口说道："其实有件事情我一直没跟你说过，在我小的时候我曾经发生过一次意外。我记得那天我站在校门口等司机来接我放学，可是中途却忽然有人冲过来想要绑走我。那时候我害怕极了，不停地大叫着，可是他们人很多，手上都拿着刀，附近的学生家长根本不敢上前。这个时候忽然有人冲了进来，我记得他穿着军服，整个背都挺拔的像是棵大树。他跟那些人展开了搏斗，最后成功地把他们给制服了。就这样他救了我，而他的身后也因为我挨了几刀。后来我爸妈有提过要感谢他，但是却被他拒绝了。再然后，我就再也没见过他了。"

　　"可直到今天，我又遇到了他。"周翰转过脸来看我，眼里是满满的内疚，他说："小雅，我真是个浑蛋。我的命是他救回来的，可是如今我却恩将仇报的对待着他唯一的儿子。"

　　周翰的话让我好一会儿才消化了过来。我在以前就听傅思齐说起过傅伯父以前当过兵，可是竟没有想过会跟周翰有这么一段渊源。

　　看着他自责的样子，我有些于心不忍地伸出手去拍了拍他。忽然周翰一把抓住了我的手，他说："小雅，你原谅我。"

158

其实说不怪周翰做的那些事根本是不可能的，只是最后没能够撑得下去还是我自己的问题。我有些难过地低下头，胸口处传来锥心的疼痛。

我和傅思齐没有再见过面。这学校这么大，可我们却像是一个生活在白天一个生活在黑夜。我知道自己特别的懦弱，我像是个鸵鸟一样的回避着跟傅思齐有关的一切。

直到赵小乔打电话来跟我说洁妮出事了，我才猛然间想起我已经花了太长的时间在这里悲春感秋而忽略了她们。

我见到洁妮的时候，她正躺在床上一脸空洞地看着天花板。

赵小乔把我拖到一边开始愤愤不平地咒骂着项阳，在她满是怨恨的叙述中我大概了解到了事情的经过。

今天中午的时候她跟洁妮约在一起吃饭，可没多久洁妮在收到一条短信后脸色就变了，赵小乔出于好奇拿过她的手机偷看了那条短信。

那是一条彩信，有着项阳睡觉时候的样子，附带了一个酒店的门牌号。

赵小乔的眼睛里容不得沙子，她愤怒地拉着洁妮气势汹汹的便赶到了酒店，而在房间门被打开的那一瞬间，她们清楚地看到了躺在床上半裸着的项阳。

"弥雅，你都不知道那时候我有多么生气，我马上就把那个女的给揍了一顿。原本我还想要打死那个猪狗都不如的项阳，可是洁妮拉着我就走。我们回来了之后，她就一直是现在这种状态。我知道你最近也比较烦，可是我是真的没办法了才电话给你。"

赵小乔话里面的愧疚我听得分明，我甚至不知道从什么时候开始我们之间已经要这么算计了。

我握住她的手："没关系，你做得够好了。"

松开她的手，我走到洁妮的床前轻轻地喊了她一声。

她没有回答我，我想她或许听见了只是不想回应。

我也不急，搬过一张椅子便坐在那里陪着她。这两年来，我看惯了她跟项阳的分分合合，不过却从来没有一次会让她变成这样。

那些小争吵、小矛盾，多得像是两个人感情的催化剂。

而现在项阳的做法已经超出了她的底线，是她生命里不可承受之重。

这场沉默，从天光大亮持续到暮色四合。

赵小乔因为接到了家里面的电话先回去了，而我则一直的保持着最初的姿势守着洁妮。大概是在窗外的路灯亮起的时候，她才忽然偏过头来看我。

"小雅，你来了啊。"

她的声音里是从未有过的嘶哑，就像是夜莺啼血一样。我心里忽然涌出的哀伤像是要把我整个人都给吞没一样，眼泪就这么猝不及防地掉了下来。

"你没事就好。"

洁妮伸出手来抚上我的脸颊，用手指擦掉我的眼泪，虚弱地笑了笑，说道："我挺好的。倒是你，别一直哭，哭得我心都疼了。"

听她这么一说，我连忙用手抹了抹脸上的眼泪。

"我不哭，你不让我哭我就不哭。"

她的笑就像是开在晨曦中的昙花，好像稍不留神便会枯萎。她坐起神来，从旁边的床头柜上拿过遥控器。

"小雅，陪我看会儿电视吧。"

这个点，每个台都在播放着新闻联播。我陪着她呆呆地盯着电视，我知道她没有看得进去，我们谁也没有开口提起项阳。

直到整个新闻联播放完，我们都没有再说过一句话。而这期间她放在桌子上的手机响过好多次，她没有接起也没有关掉。

我知道那是项阳的电话，她也知道。

我去厨房里给洁妮下面条，这门手艺是我前不久掌握的。把面端上桌，我便走进房去喊洁妮。她在低着头看手机，长长的头发盖住了侧脸，我看不清楚她的表情。

似乎是听见了我喊她，她放下手机冲我笑了笑便走了出来。

房间里的电视上似乎在播放着什么8点档的连续剧，就连对白都显得歇斯底里。我和洁妮沉默着吃着饭，好一会儿她才忽然开口说道："小雅，我跟项阳或许就这么算了。"

我拿着筷子的手微微的僵硬了下，"决定好了？"

"大概吧。"洁妮有些自嘲地笑了笑，"我知道他本性不坏，所以对于他喜欢乱勾搭人也就睁一只眼闭一只眼权当他只是嘴巴上说说，可是如今他所做的事情已经不再是那么的简单了。我也有我自己的底线，他做的这一切就像是根刺一样扎在我心里，就算我努力地想要忘了它也时不时地会跑出来让我疼一下。我跟项阳的这两年，开心有过，难过也有过，如今倒不如就此忘掉，还彼此一个一干二净。"

洁妮的话说得洒脱，只是她脸上的脆弱却表现得那么明显。

我们两个再也没有了胃口，任由那些面条糊成一片。我拉过她的手放在掌心，想要说些什么安慰的话却发不出一个音节。

而见我这样，洁妮反倒是拍了拍我的手，说道："小雅，我没事的，你们别担心了。"

那个晚上我做了一个梦，梦里面是我们十六七岁的样子。

那时候我们一群人还在高中里张牙舞爪、横行霸道。那时候赵小乔喜欢捏我的手，跟我拌嘴。

她总是会说"弥雅，你怎么这么慢啊""弥雅，你能不能下次出门的时候速度放快点"。

那时候项阳总是会牵着洁妮的手在学校里走过，虽然学校没有明文规定过不能早恋但是他们却爱得那么张扬。

那时候周翰总是跟在我们的身后，带着我们去一家又一家的餐厅胡吃海喝。

那时候的天很蓝，风很轻。

只是我知道，那时候只是那时候了。

02

项阳来我家门口堵我。这样的场景在此前我便已经预料到了，毕竟在此前他们太多次的冷战中我都是扮演着和事佬的角色。

见我出门，项阳马上冲了过来。

"小雅，你帮帮我。"

"帮你？项阳，你这种事情都做了出来我怎么可能帮得了你。"

我的冷笑让项阳慌了神，他说："弥雅，你相信我，我真的不知道是怎么一回事。原本我只是跟她一起吃顿饭，再后来我就不记得了。"

"你这样的说辞说出去任谁都不会相信。"我失望地看着项阳，"我以为你只是贪玩，从来都没有想过你会真的对不起洁妮。项阳，我们这么多年的朋友，真没想到会有一天闹成这样。你别再来找我了，也别再去烦洁妮了。"

"小雅，我们是朋友，你怎么可以这么对我？"

项阳话里面的难以置信我听得分明，可是我的决心在这一刻根本不会得到动摇。

是的，我是他的朋友，可是这一切都是建立在洁妮是他女朋友的基础上，现在闹了这么一出，我站的那一边从来都是洁妮。

我低下头，请求似的说道："项阳，真的够了，求你别再去毁了她。"

似乎是没想过我会说出这么重的话，他一瞬间如遭雷劈的僵在那，好一会儿才颤抖地开口问道："你觉得，我毁了她？"

"是的，我觉得你毁了她。"

我的肯定让项阳整个人都忍不住的战栗，他悲怆地看向我："可是小雅，我爱她。"

"我知道你爱她。可是项阳你的爱从来都不专一，你会爱她，也会去爱每一个路过你生命里的甲乙丙丁。"

大概在每个人的年少都会遇到这么样的一个少年。他开朗、热情、健谈，符合了所有青春期少女的幻想。可是他只是个少年，他身上的责任心根本寥寥无几。

你耗费了大半个青春陪着他长大，但是到最后才发现原来他的长大还需要很长很长的时间，可那个时候你已经太累了，累到没有勇气再陪着他走下去。

项阳就是那个少年，而现在的洁妮也在一次次的受伤中彻底死了心。

我不是没有想过傅思齐会来找我，可是当这一天真的来临的时候我却忽然惧怕起来。透过猫眼我可以清楚地看见他的眉目，一如我最初喜欢的那般清秀。

铃声又响了几次，我妈终于忍不住从卧室里走出来，问道："弥雅是谁啊，怎么不开门。"

见我不说话，她自己走了过来看了眼，"你小男朋友？怎么不请人进来坐坐？"

"我还没想好。"

"有什么好想的？"

"我不知道见了能有什么说的。"我叹了口气，最终还是离开了门后，说道："妈，你就跟他说我不在家吧，我先回房了。"

关上门，我把整个人都靠在门背上。我听见了开门的声音，听见了傅思齐喊阿姨的声音，听见了我妈告诉他我不在家的事情，听见了他声音里浓浓的失望。

不知道过了多久，门被人敲了敲，接着是我妈的声音。

"弥雅，你出来我们好好谈谈。"

从小到大我妈对我实行的便是放养政策，只要不做什么伤天害理的事情她都懒得管我，美其名曰给我一个良好的成长环境。像现在这么正儿八经的找我谈话，这么多年来也是两只手就能数得过来的。

我跟她面对面地坐着，我妈忽然就叹了口气说道："你把人家孩子怎么了，你都没瞅见刚我说你不在的时候人家失望的表情，看得我心都碎了。"

胸口处一阵钝痛传了过来，我低了低头克制住自己的情绪，才装作无所

谓地说道："没怎么啊，我能把他怎么啊。"

"弥雅，你跟我说实话。"我妈一把拽住我的手，"你是我生的，你什么样的我比谁都清楚，你现在这副样子就是死鸭子嘴硬。"

不得不承认，姜还是老的辣。很多时候我以为能够瞒过去的事情，很可能在她的眼里面早就看得分明。她说："从小到大我都没管过你，我自己家的孩子我知道是什么样的。你心眼从来不坏，虽然爱耍些小聪明但也算得上懂事。你谈男朋友的事情我也没多问，我相信你自己心里有数。可是现在人家男孩子都那么委屈的找上门了，你还准备什么都不告诉我？"

我妈的话音刚落，我便忍不住的辩驳道："他委屈我就不委屈了吗？我这么多年就没吃过什么苦，这一次在他那我算是尝了个遍。"

我的话说完我妈便怔在了那里，好一会儿才反应了过来，问道："到底发生什么事情了？"

看着我妈紧张的样子，我一个没忍住眼泪便"簌簌"地往下掉。我抱住她，把头靠在她的肩膀上说道："妈，他爸爸不同意我们在一起。"

"不同意？"我妈愣了下，再次问道："为什么会不同意？我女儿哪点配不上他家儿子了？"

我开始跟她说起黄蓉，说起傅伯父的担忧。也不知道我到底说了多久，直到嗓子变得干哑我才停了下来。而见我这样，我妈顿时就怒了。

"他们家自己过得不好就不许人家过得好了，这是什么强盗逻辑。"

"妈，你别这么说。这都怪我不好，是我害傅思齐受伤住进医院的。"

听我这么说，我妈缓和了点，好一会儿才摸了摸我的头，有些心疼地说道："我看这件事就这么算了吧，你也别再想那个小子了。我女儿这么棒，一定有大把的男人排着队想要把你娶进门，你又何必为难自己。"

我也不想要一直这么的为难自己，可是啊爱情从来都是由不得人的。傅思齐在我的心上刻了狠狠地一刀，任我怎么想要遮掩都覆盖不掉。

他的笑，他的好，在每一个不眠的夜里都会无情地将我包围。

我多么想说我已经忘记他了。

可是我做不到。

只能够这么看着自己的伤口，一点点的溃烂腐蚀。

日子仿佛一瞬间变得平静下来，很多时候我走在路上就能看见街头秃秃的枝丫。时光不着痕迹的就滑到了十二月，学校里开始为圣诞晚会准备着排演，很多时候林漠漠在看见我的时候都会跟我抱怨几句，羡慕我早早地请辞。

每当这个时候我都只是笑笑不说话。

偶尔我也会在学校里遇见傅思齐，我们不曾再说过话，甚至连相望的勇气都没有，仿佛当初的那一切都是我所做过的一场梦而已。

我会在天气好的时候跟赵小乔和洁妮出去逛街，经过了项阳的事情她似乎变得比以前更不爱说话了。多数的时候都是我们在说，她静静地在听。

再遇到黄蓉是在学校外的图书馆里，我因为闲着没事就想着去找点书看。

似乎是没想过会遇到我，她愣了愣随即有些尴尬地笑了起来。

"好巧。"

"是啊，好巧。"

当所有的难堪被时间覆盖上一层薄纱后，一切都变得云淡风轻。

我想或许以后也就这样了。不管是黄蓉还是傅思齐，时间会抚平被他们划开的每一道伤口。我不再想去问她傅思齐的事情，不再会去猜测他们进行到了哪一步。

这时候我才恍然想起，似乎我和傅思齐一直都没有正式的做过道别。

好像我们的开始还历历在目，只是忘了该怎么说再见。

圣诞节的前夕，赵小乔打电话约我们去时代广场上看烟火。我到的比较早，广场上才刚刚亮起了灯。等了许久，他们几个才姗姗来迟。

周翰递给我一支甜筒，笑了笑说道："我记得去年的平安夜你就吵着要吃这个。"

是啊，去年的平安夜。那时候我们几个也是来时代广场看烟火，只是今年不再有项阳。而我们所有人的心境都发生了翻天覆地的变化，这或许就是所谓的关于成长的代价。

赵小乔从包里掏出苹果一个人发了一个，大声地喊道："愿明年的我们还能聚在这里。"

她的话音刚落，耳边就传来了烟花炸开的声音。广场正中央的时钟上已经显示了八点整，烟火表演正式开始。

赵小乔的苹果似乎是在包里捂了太久，拿在手上都觉得微微的发烫。

忽然我的手被人牵住，转过脸就看见洁妮冲我笑了笑。而赵小乔的手也紧紧地握住了我们俩，就好像是过去一样。

这场烟火表演来看的人很多，整个广场上都人潮汹涌。开始的时候都还好好地，没一会儿我便被人流给冲散了开来。

包里的手机发出震动，而当我接起的时候赵小乔的声音却被淹没在了整片呼喊声中。挂了电话我便发了条短信询问了他们的位置，在收到回复后就往那边走。

可是人越来越多，我刚走两步就被挤了回去。无可奈何，我索性也就站在那里不动了，心想着等到结束后再去找他们会合。

我相信太在意的两个人会在同一个空间内感受到对方的磁场，即使人海茫茫也能够被吸引着。所以我在转过头的一瞬间，看见了不远处的傅思齐。

已经忘了有多久，我们两个人没有在这么互相对望过。这一眼，便是沧海桑田。

周围的喧嚣似乎在这一瞬间变得远离了，只剩下眼里面的傅思齐的脸变得越来越清晰。我多么想说一句"好久不见"，可是张了张嘴却只有风声灌

倘若，
来得及
If, It's Still On Time

了进来。

忘了是谁先回过眼，也忘了我是怎么再回到赵小乔他们身边。

跟傅思齐的这场相见，竟花光了我所有的力气。

似乎是察觉到了我的不对劲，洁妮捏了捏我的手，低声地问我发生了什么事情。这些日子以来大家似乎都已经习惯了我和傅思齐的分开，而这个名字在我们之间也像是变成了一个禁忌。不会有人提起，也没有敢提起。

赵小乔似乎还是跟从前一样没心没肺的，跟周翰走在前面，两个人大笑着不知道在说些什么趣事。周围是散场后的人来人往，我低下头开口说道："我刚看到傅思齐了。"

"傅思齐？"洁妮有些惊讶地看向我，问道："你们说了什么？"

"我们什么都没有说。"我有些苦涩地笑了笑，说道："我跟他隔得很远，可是我们彼此都看到了对方。洁妮，你知道吗？我以为自己不会再痛了，可是那时候当他看向我的时候，我的心脏忽然就快要休克下去。我知道这样的自己很丢人，可是我真的控制不住。"

我有些难过地闭上眼，低声说道："洁妮，我想他。"

我想傅思齐。

在无数个漫长的我以为看不见光亮的黑夜里我想他。

在人潮汹涌无人牵着我的手的街头我想他。

在每一个人我孤单走过的回家的路上我想他。

可是那些想念却从来没有像这一刻一样来得这么强烈，刚刚的那一眼就那么直直地烙在了我的心上。它散发着热，叫嚣着我想念傅思齐这件事。

耳边是呼啸而过的风声，洁妮握住我的手，掌心的温度让我微微的回过神来。看着她心疼的目光我才知道我到底说了多么愚蠢的话，有些自嘲地笑了笑，我冲她说道："走吧。"

往前走了大概几步，我听见了洁妮的说话声。

她说："小雅，如果真的还喜欢他就不要再折磨自己了。至少你们还能回头。"

只是我真的还可以再回头吗？

03

第二天便是圣诞，学校礼堂里举行了一场圣诞舞会。区别于往年的传统，这次的主题是"假面"。每个入场的人都要自行佩戴一个面具，我进场的时候各色各样的面具看得我眼花缭乱。

林漠漠发了条短信问我处在什么位置，我回了条消息给她没一会儿就看见一个带着小狐仙面具穿着酒红色长裙的人朝我跑来。

"弥雅？"是林漠漠的声音。

我点了点头就看她长吁了一口气，顺手拿过旁边桌子上摆放的饮料喝上一口。"真是累死我了，这个鬼舞会也不知道是谁想的点子，害得我在那边

站了半天都找不到一个说话的人。"

"这件事不是你们学生会的主意吗？"我不免觉得有些好笑，打趣道："你还怪上别人了。"

"就是不知道他们活动部的人脑子里想什么，还说什么这样才能让人更靠近一点儿。"她放下杯子，接着说道："这谁都看不见谁的怎么去培养感情，万一感情培养出来了面具一揭发现是仇人怎么办。"

我是真佩服了林漠漠的想象力。

见我不说话，她递了杯饮料过来，"弥雅，你说今晚会不会有人邀请我们跳舞？"

"大概吧。"

"得了，你这话说了等于白说。谁都知道这舞会是用来刺激那些单身的人的，那些小情侣们估计早就联系上了正在舞池里扭着腰呢。"

林漠漠的话微微泛着酸，我有些好笑地看着她没说话。圣诞舞会算得上是这座学校的传统，这一天每个学院的学生都要来参加，不得迟到早退，比上课查的还要严苛。

我跟林漠漠站在外围，看着舞池里面的双双对对，翩翩起舞。好一会儿也没男生向我们走来，林漠漠觉得有些无趣，索性拿出手机玩了起来。

也不知道过了多久，一个穿着黑色燕尾服戴着假面的男生站在了我们的面前，感觉到阴影的林漠漠抬起头，有些疑惑地看向我。

"美丽的小姐，能不能邀请你跳一支舞？"

他伸出手来放在了林漠漠的面前，我看见她难以置信地张大了嘴，好一会儿才轻轻地将自己的手放在他的掌心。

看着双双滑入舞池的两个人，我忽然心生起了羡慕。

无所事事的待在原地发着呆，就以为会这么一直到散场的时候面前忽然再次伸过来了一只手。我有些难以置信地指了指自己，却看见他点了点头。

耳边是优雅的旋律，他的手抚上了我的腰，掌心的灼热让我微微发颤。

我努力地想要克制住自己的情绪，可是腰上的那一抹热却总让我专注不下去。好不容易一曲跳完，我便慌忙地想要逃开。

可是当我刚迈开几步，刚才还暗着的会场忽然灯光大亮。一时间没适应这样的明亮，我有些不舒服的眨了眨眼睛，紧接着就听见主持人走上了台。

"谢谢各位同学能够参加今晚的圣诞舞会。现在距离圣诞夜过去还有十分钟，请大家摘下自己脸上的面具，让我们共同的迎接新一天的到来。"

随着她的话，周围开始有人摘下自己脸上的假面。大多数的两个人都是情侣，在看到对方的那一刻互相拥抱了起来。

我摘下自己脸上的面具，转过脸去看刚刚跟我跳舞的那个男生。

似乎是感觉到了我的探究，他伸出手缓缓地揭下了自己的面具，而在看到他脸的那一刻，我的心像是被人用锤子狠狠地砸了一下。

是傅思齐。

倘若，来得及

If, It's Still On Time

跟昨晚一样，他紧紧地盯着我看，目光里是太多我所读不懂的情绪。

我想要走，可是脚步却像是被蔓藤紧紧地缠绕住，任我怎么想要挣脱也无法。傅思齐一步步地朝我走了过来，他的唇边挂着当初我最爱的那个笑容。

他说："小雅，我想你了。"

周围的喧嚣在他的话里变得不见。那一刻我的眼睛里只能看见他，也只有他。我就像是被丢进了一个荒芜的世界里，鲜活的只有站在我面前的傅思齐。

而他说他想我了。

仅仅这么一句话，就让我已经如死灰般的心再次沸腾了起来。

"叮"。

伴随着12点的钟声响起，所有的一切又回到了现实。周围的同学们欢呼着，而不远处的傅思齐已经走到了我的身边。他手里拿着的假面清楚地告诉着我，之前所发生的一切都不是幻觉。

"散场了。"他说。

"嗯。"我轻轻地应了声不知道该说些什么。

"我送你回家吧。"傅思齐提议道。

由于夜深的关系，回家的路上已经鲜少能看见行人。

傅思齐走在我的外侧，冷风呼呼地吹着。我们两个人谁都没有先开口说话，任沉默肆意的蔓延着。

终于在到小区门口的时候，傅思齐停下了脚步。

他说："其实我每天都会自己走一遍这条路，像从前无数次的那样。可能你会觉得我傻，可是我以为那样就像是你还在我身边一样。"

傅思齐突如其来的心里话让我整个人都怔在了那里，好一会儿才有些无言地说道："你这又是何必呢。"

忽然他伸过手来拉住我，看向我的眼里是满满的深情。

"小雅，这些日子以来我想了很多的事情。我已经跟蓉蓉说清楚了，我喜欢的是你，我想要跟你在一起。至于其他的，只要你不喜欢我都不会再去做。所以能不能，你能不能再给我一次机会？我保证这一次我一定不会那么轻易地就放开你的手。"

傅思齐的告白或许放在我们刚冷战的那一段时间说出来我会非常的受用，可是或许是时间太长了，或许是今晚的天气太冷了，我的心里除了颤抖了一下并没有了以前那么的感动。

我将手从他的掌心里抽了出来。洁妮的事情让我看清楚了一个还未长大的男生是有多么的不靠谱，曾经我以为傅思齐不是那样的。可是在面对黄蓉时他表现出的懦弱让我寒了心，我真的不确定现在到底还有没有勇气能够陪着他走下去。

喜欢是一回事，在一起又变成了另外一回事。

　　见我抽出手，傅思齐一下子便慌了起来。他还想再说点什么却被我抢了白，我说："思齐，我们都已经长大了，有些事情你让我考虑好再回答你可以吗？"

　　我知道他不会拒绝。

　　沉默了半分钟后，我看见他点了点头。

　　你看，我就是这么的了解他。

　　圣诞过后，学院内又恢复了平静。周翰来找我的时候，我正坐在靠窗的位置上晒着太阳，听林漠漠说着某某学生的一些事情。

　　"弥雅，你的小男朋友又来找你了。"

　　这些日子以来，我跟周翰的关系因为少了傅思齐而得到了缓和。偶尔他也会来学校找我，但是却再也不会像从前那样张口闭口就是告白的话。然而这样子的关系，在林漠漠看来就变成了另外一回事，很多时候她在看见周翰来找我的时候都会冲我暧昧地挤挤眼睛。

　　这不，周翰还没走过来，她便忍不住抢先告诉我。

　　我有些好笑地看着她，辩解的次数多了我也就懒得再解释了。

　　周翰走了过来把手里的外卖袋递了过来，冲我笑了笑说道："正好有事情要在这附近，办完了就顺便带点东西来慰劳你了。"

　　"啧啧，还真是甜蜜啊。"林漠漠凑了过来，还不忘火上浇油。

　　周翰也不解释，对着林漠漠说道："漠漠同学，我也没有忘了你的那一份。"

"那我还真是沾了弥雅的福气了。"

看着两个人你一言我一语，我忽然产生一种错觉，仿佛这两个人会是天造地设的一对。见我出了神，周翰开口问道："小雅，在想什么呢。"

"没，没什么。"

我的话音刚落就听见门户处传来的声音。

"弥雅，有人找。"

疑惑地向门口看过去便看见傅思齐站在了那里，一瞬间探究的眼神从四面八方地向我传来。我觉得有些别扭，急急忙忙地便向门口跑去。

"你找我有什么事情？"

从身后传来的目光让我觉得如芒在背。这段时间以来我和傅思齐分手的消息已经传得沸沸扬扬，好不容易热度才过去那么一点儿就又发生了这么一出。我敢肯定，不出傍晚，傅思齐来找我的事情一定会闹的全校皆知。

他从背后递过一个阿狸的暖手袋给我，说道："最近天气冷了下来，我看你也没穿多少，你抱着这个上课的时候就不会冷了。"

傅思齐的唇角微微地扬起一个好看的弧度，我却忽然地有些心酸。

见我不说话，他把东西往我的怀里一塞就离开了。那个暖手袋似乎是刚刚充完电，从怀里传来了一阵暖意，而那个阿狸正冲着我笑得开心。

我站在门口就这么看着手上的东西，一时间倒也忘记了离开。

　　周翰从我的后面走了过来，声音里听不出喜悲。他问："小雅，你们又和好了？"

　　"不算是吧。"

　　"不算。"他有些疑惑地皱了皱眉，"什么叫不算？"

　　"他昨天跟我提过，但是我还没有答应。"

　　我毫无保留地回答着周翰的问题，目光没有丝毫的回避。我不认为这些事需要瞒着他，或者说瞒着自己。

　　时间停滞了几秒，周翰再次开了口。

　　他说："小雅，我能问你一个问题吗？"

　　"嗯，你说。"

　　"现在在你的心里傅思齐到底是摆在什么样的一个位置？"

　　过道上依旧是人来人往，教学楼外面的树已经变成了光秃秃的一片。这个冬天来得不着痕迹，仿佛昨天还是三十七度高温的炎夏。

　　我抱了抱手里的热水袋，看向他说道："周翰，在我的心里傅思齐一直都在。"

　　他在我的心里微笑，说话，陪着那一个孤单的我。

　　好一会儿我没有听见周翰的声音，他低着头看不清楚表情。我知道有些事情接受起来会很难，但是人总是要面对着现实。

　　这是周翰曾经教过我的事情。

我和傅思齐的那一段感情，曾经我以为自己有勇气走下去，可是到最后还是在现实的面前变得脆弱无力，不堪一击。

也不知道过了多久，周翰空洞的声音才再次传了过来。

他问："小雅，你还会跟他在一起吗？"

"谁知道呢。"我有些自嘲地笑道："以前我觉得自己很坚强，可是发生了这么多的事情我真的不知道自己还有没有力气跟傅思齐在一起。其实这段感情的失败，归根结底我们都有责任。他对黄蓉的态度让我一次次的失望，可我又何尝不是呢，我的不成熟也是导致我们分开的原因。我虽然还喜欢着他，可是就像你说的那样，在一起并不是只靠这些就够了的。"

我的话说完后周翰便沉默了，好一会儿他才开口说道："我明白了。"

"嗯？"

我有些不解地看向他，周翰却忽然笑了起来。"活在当下才是最好的。其实我才应该要向你学习，慢慢地试着去放手。"

如果放在以前，我是从来没想过周翰会说出这样的话。似乎自从上次发现了傅思齐的爸爸是他小时候的救命恩人后他便长大了不少，再也不是以前那个随心所欲只顾自己的大少爷了。

我想他说得对，我们每个人都要学着放手。

像洁妮慢慢地去跟过去的自己做告别。

像周翰慢慢地学着放下我。

像我慢慢地去接受现在的这个自己。

只是那些过去，那些回忆，没有人知道我是有那么多的不舍。

傅思齐开始再次地出现在我的世界里，他毫不避嫌地对我示好，这一切被所有的人看在了眼里。就连赵小乔都知道了，打电话来问我是不是跟他复合了。

而这个时候，我除了苦笑似乎也做不到别的了。

项阳再出现已经是在发生那件事的一个月后。

我、洁妮和赵小乔正约着一起吃饭，到一半的时候门忽然被人推了开来，接着项阳那张憔悴的脸就出现了。

我和赵小乔吓了一跳，还没来得及说话就听到洁妮云淡风轻的声音。

"你还来找我做什么？"

"洁妮，我求求你就再给我一次机会。"

我看着项阳都要哭出来的样子有些于心不忍。自从上次我拒绝了他的请求后便再也没跟他见过面，而今再看见他却像是换了一个人一样。

往日的玩世不恭在他的身上再也看不见半分，他的脸颊陷了下去，下巴上一片青涩的胡碴。看来这段时间，他也没有很好过。

我看见洁妮微微地撇过脸不去看他，"项阳，我们不是早就说清楚了吗？我以为你跟我一样都已经准备好了去面对新的未来。"

"不，我不要什么新的未来。"项阳跪下来拉住洁妮的手，说道："我只要你。"

洁妮的身体轻颤了一下，可是很快就把手从他的掌心里抽了出来。她闭上眼，声音里听不出悲喜。

"离开你的这段时间我过得很好，我不用再去担心你有没有做什么对不起我的事情。所以项阳，请你放过我，也放了你自己。"

她的一席话让项阳的眼里流露出了无尽的悲伤，他几乎是颤抖地发出声音。

"可是，洁妮，我爱你啊。"

"但是项阳，我不想要再爱你了。"她转过脸去看项阳，目光里是绵长的苦痛，她说："爱你太累了，我不想要再这么下去了。"

房间里是死一般的寂静，我看见从项阳眼睛里流露出的悲伤像是要把整个世界都淹没。就当我以为会这么一直僵着的时候，房门忽然又被人拉开，一个陌生的女生冲了进来。

就在我们还来不及反应的时候，她直接跑到洁妮的面前，随着一记清脆的耳光声我和赵小乔顿时清醒了过来。

"你做什么？"

赵小乔冲了过去，一把把她推开。我快速地跑到洁妮的身边拉着她，她的脸已经被打偏了些许，见我过来安慰似的冲我笑了笑。

这个时候项阳也迅速地站了起来，看向那个女生的眼里充满了愤怒。

"莫亚丽，你发什么疯？"

"我发疯？"莫亚丽指了指自己忽然疯癫地笑了起来，她说："项阳，你看看你这一个月来把自己折磨成了什么样。我有多少次看见你去找她，又有多少次的看见你失望地回来。我以为过了这段时间就好了，你就会回到我的身边来。可是你都给我看了什么？你就让我看你在这里跪下来求她原谅的场面吗？"

她的话说得有些歇斯底里，就连五官都不自然地扭曲在了一块。

赵小乔伸出手来，一巴掌扇了过去："你的脸皮能不能不要这么厚，这么死皮赖脸地追男人不嫌丢人吗？还是你嫌我上次打你打得太轻了？"

"赵小乔，你也不过就是洁妮的一条狗。"她接着说道，眼神里是满满的怨恨。

赵小乔轻蔑地笑道："也比你好，当条狗都没人要。"

许是这句话刺痛了莫亚丽，她伸出手来便想要打赵小乔却被项阳阻拦在了半空中。他一把甩开她的手，莫亚丽一个不稳便跌倒了在地。

项阳居高临下地看着她，冷冷地说道："莫亚丽，上次酒店的事情你跟我都清楚到底是怎么回事？我以为你会收敛一点儿，没想到你还蹬鼻子上脸了。"

项阳的话让她的脸色白了几分，好一会儿才冷笑道："呵呵，项阳，你当初约我出去的时候怎么没这么说。"

莫亚丽的话让项阳失了言语，我感觉到身边洁妮的身体瞬间僵硬了一下。我们都知道项阳花心的本性，可能原先他不过是想玩玩而已，但是却在莫亚丽这里栽了个跟头。

好一会儿，房间里除了赵小乔的咒骂声都没别的声音。

我看见洁妮闭上了眼睛，半晌才睁了开来指了门口说道："麻烦你们两个出去吵。"

她话里的决绝任谁都听得分明，项阳难过地看着她，最终还是转身离开了。

莫亚丽站了起来，满眼怨恨："你们迟早会后悔的。"

我心上一惊，那眼光就像是吐着信子的毒蛇，不知道会在那一刻忽然对你咬上一口。

他们走后，房间里终于安静了。洁妮跌坐在椅子上，赵小乔急急忙忙地跑过来担心地问道："洁妮，你没事吧？"

她没有说话，大滴大滴的眼泪从眼睛里流出来。

我的心疼得厉害，我用力抱住她，安慰道："没事的，一切都会过去的。"

许是我的话会她放宽了心，洁妮终于忍不住哭出了声，从小声地啜泣渐渐变成放声大哭。自从发生那件事情后，她表现得太过冷静，冷静得不太正常。我和赵小乔私下里讨论过，她这样下去会不会出什么事，如今看到她发

泄出来了，终于松了一口气。

赵小乔显然还对刚才的事情耿耿于怀，没好气地说道："上次给洁妮发彩信的那个人就是刚才那个女的，真没想到她脸皮这么厚，也算是极品了。"

其实很多时候，我们对于喜欢的人总是会想要得到的多一点儿，如果我们喜欢的那个人不喜欢我们，大部分人都会选择慢慢淡忘，小部分人会选择继续等待，还有一部分则是像莫亚丽那样，为了得到，不择手段。

爱情，就是会让人变得这么不堪。

脑海里突然闪而过莫亚丽刚才怨毒的眼神，不安从心底的某个角落蔓延开来。

第八章

时光塚

If,
It's Still
On Time

01

我和赵小乔把洁妮送回家后，两个人慢悠悠地在大街上闲逛。夜幕已经降临了，黑色的天幕上布满着点点的星光。我和赵小乔漫无目的地走着，谁也没有说要去哪。

深冬的晚风已经足够寒冷了，我把手揣进口袋里，赵小乔扭过脸来看我，说道："我们去以前的高中看看吧，毕业后好像一次都没去过。"

"现在？"

"嗯。"

"你疯了吧？"看着赵小乔一脸认真，我打击她道："你又不是不知道，我们学校外校人不能进，更何况这个点早就关门了。"

"那有什么关系，你又不是没爬过墙？"

闻言，我沉默了。

我和赵小乔在高中时并不算什么好学生。因为学校是半封闭式的，我和赵小乔经常爬墙偷跑出去玩，倒是洁妮，一直都老老实实地待在教室里不与

186

186

我们为伍。

我不知道赵小乔今晚怎么突然来了兴致想去高中看看，她拉着我打了辆车便往那边赶。

我们到的时候，高三年级还在上晚自习，学校里一片透亮。

两个人走到墙角，搬了几块石头，轻车熟路地翻墙而过。

赵小乔拉了拉我的手："弥雅，我们去操场上看看吧。"

不少高一、高二的学生在操场上跑步，跑道旁的路灯散发着洁白的灯光。赵小乔拉着我在看台上坐了下来，轻声说道："我还真有些羡慕他们。"

"嗯？"

我不解地看向她，赵小乔的表情有些忧伤。她说："弥雅，你还记得我们在他们这么大的时候有多开心吗？"

我记得。

记得那一年操场上的白色球鞋。

记得那一年教科书上散发出的墨香。

记得那一年我们肩并肩看着夕阳的笑颜。

就在我微微发愣的时候，旁边不远处的位置有几个女生坐了下来。她们讨论着学校的某某，时不时地发出笑声。

看着她们，我忽然就想起了那一年的我们。

青春最美好的地方大概就是有那么一两个最亲密的朋友，你们会一起哭一起笑，一起分享各自心里的秘密。

"弥雅，你说我们以后还会像他们一样吗？"

赵小乔的声音里带着一丝哽咽，我的心微微一颤竟然不知道该怎么的去回答她。我多想肯定的回答她的问题，可是这些日子来发生的一切都像是一根刺一样的卡在我的心里。我知道洁妮回不去了，而我也回不去了。

见我不说话，赵小乔开始低低地哭出声。

我的心就像是被人丢进了一个密闭的空间，连呼吸都渐渐变得困难起来。不知道过了多久，旁边的几个女生也已经开始回去了。

赵小乔忽然站了起来，抹了抹眼泪说道："弥雅你等我下，我马上回来。"

话音刚落，赵小乔没等我的回答便跑了出去，我一个人坐在原地，风吹得我的头有点儿痛。放在口袋里的手机忽然响了起来，屏幕上不停跳跃着地是傅思齐的名字。

我想了一会儿，最终还是接了起来。

"喂。"

"小雅。"

他的声音依旧像是六月里山间的清泉，我心头一酸忍不住地抽了抽鼻子。而似乎是听到我这边的响动，他有些紧张地问道："你怎么了？"

"没怎么。"我看了眼不远处低矮的星空，问道："你这么晚给我打电话有什么事情吗？"

"也没什么事情。"傅思齐顿了顿，说道："今天一天没在学校里看到你，最近天气开始转凉了，你平时又爱美不肯穿太多，我担心你是不是生病了。"

傅思齐的解释让我的心里的寒冷驱散了不少，"我没什么事情，你不需要担心了。"

"嗯，那就好。"

一时间相顾无言，我等了一分钟见他还没有说话的意思终于还是开口道："没事的话我就先挂了。"

"嗯，好。"

而当我正准备挂断的时候，听筒里又传来了他低沉的嗓音。

他说："小雅，我想你了。"

有些话，似乎过了一个时间就再也说不出最开始的味道。就像是傅思齐的"我想你"，最开始的时候给我的是满心的甜蜜，而现在却只剩下淡淡地怅然。

我和傅思齐的事情在这些日子以来我也想了很多，就像是当初我跟周翰说的那样。两个人的分开，我们双方都有责任。就算没有黄蓉，没有周翰，没有傅伯父，我也不能肯定我们不会分开。而当初我那么信誓旦旦对自己说

的要一直在一起，现在看起来像是笑话一场。

我们谁都不能陪着谁到永远。

赵小乔回来的时候我正对着已经空无一人的跑道发着呆，她把手中的便利袋放在地上，从里面掏出了一罐啤酒递给了我。

"喏，喝点暖胃。"

刚才伤感的情绪在她的这一句话里忽然消失得无影无踪，我有些好笑地看向她问道："谁告诉你喝啤酒能暖胃的？"

"电视上不都这么说。"

看着她有些无辜的眼神，我笑得更加放肆。其实有时候看见赵小乔我会觉得悲伤还没有侵袭的那么彻底，至少她一如当初那般的美好。

我记得跟赵小乔的相识是因为一块巧克力。那一天是体育课，我因为来例假的原因跟老师请了假留在教室里休息。不知道是不是那段时间作息不规律的原因，那一天我的肚子格外的痛。赵小乔出现的时候我正一脸苍白的趴在桌子上痛得死去活来，而见我这样翘课回来的赵小乔一瞬间就慌了神，急匆匆地冲了过来问道："同学，你没事吧，你别吓我啊。"

那时候我虚弱的根本连一根手指都抬不起来，更别说回答她的话了。

或许是老天爷注定要让我和赵小乔成为朋友，那一天一向粗心大意的赵小乔竟然能灵光一闪地想到我是来了例假，匆忙地跑去学校的小卖部给我买了一包巧克力。

她说："同学，你多吃点巧克力，听说能缓解疼痛的。"

那之后，我吃着她的巧克力，听着她侃大山。感情似乎就这么建立了起来，并且再也攻不可破。而如今回想起当初，不由地便笑了起来。

而见我忽然笑出声，赵小乔问道："想什么呢这么开心。"

"要你管。"

"不想说本小姐还不乐意听了。"赵小乔没好气地白了我一眼，沉默了好一会儿忽然再次开口道："弥雅，如果我说我要离开这里的话，你会是什么反应？"

赵小乔的话就像是一颗蛰伏已久的惊雷，一瞬间就把我炸蒙了。我张了张嘴想要说点什么却发现根本无从开口，而见我这样赵小乔忽然笑出了声。

"我逗你玩呢，你看你都吓成什么样了。"

听她这么说我微微地松了口气，可是紧接着愤怒就席卷而来。我站起来冲着她吼道："赵小乔，你都多大的人了，能不能不要拿这种事情来开玩笑。"

"好啦好啦，我也不是故意的，你就原谅我啦。"

看着凑过来的赵小乔谄媚的笑，我深呼吸了好几次才忍住没把她丢下去。

第二天一早，我出了家门便看见傅思齐等在那里。

心脏像是被狠狠地击中了，我收拾起不该有的情绪，假装淡然地问道：

"你怎么在这里？"

"等你。"

他的笑容像是盛夏的暖阳，似乎要融掉这一整个冬天的寒冷。我低下头忍不住开口问道："你在这里等了多久了？"

"也没多久。"

看着他被冻得通红的鼻子，我心里微微的泛起一阵酸，嘴上依旧还是逞强地说道："要是我今天跟昨天一样不准备去学校呢？"

似乎是没想到我会这么说，傅思齐愣了一下，随即开口道："那我就一直等下去。"

"真是笨蛋。"我抬头看向他，"你就不知道给我先打个电话吗？"

"万一你还睡着呢？"他看向我，目光里的深情没有掩饰。"如果会打扰到你，那我宁愿就这么一直等着你。"

他的话一语双关，另一层意思我也听得明白。

自从那天提出复合被我搪塞了过去之后，傅思齐再也没说过类似的话。我知道他是不想给我太大的压力，而我也很乐于享受现在的状态。

不必在猜测着他是不是又跟黄蓉发生什么事，不必再去担心傅伯父是不是喜欢我。

大概是真的不能在背后去想一个人，这不刚走到校门口便跟黄蓉迎面碰上了。似乎是没想到我会这么早跟傅思齐走在一块，她怔了怔，随即当没事人一样的跟我们打着招呼。

自从上次图书馆偶遇后，我也好一阵子没见到过黄蓉了。她的脸色看上去不太好，眼圈深深地陷了下去，一阵冷风吹过她没忍住地打了几个喷嚏。

在她拿出纸巾擦鼻子的时候，站在我一旁的傅思齐轻轻地锁起了眉，略带担忧地问道："是感冒了吗？有没有去医院看看？"

听傅思齐这么问，黄蓉开心地笑了起来。

"我没事，昨天我妈已经拿药给我吃了。"

"嗯，那就好了。"

显然傅思齐松了口气，可之后又像是想起了什么一样转过脸来不安地看着我。或许放在以前我可能会不开心吃醋，可是现在，在经过了那么多的事情之后剩下的也只有淡然了。

似乎是感觉到了傅思齐的不安，黄蓉有些尴尬地看向我，匆忙的道了个别就离开。而她刚走，傅思齐就急急忙忙地向我解释道："小雅，我……"

他的话还没说完便我打断了，"你不用向我说些什么的。"

我看见傅思齐脸上的失落一闪而过，勉强地撑起了一个笑脸给我。"那我们走吧。"

"嗯。"

在教室外分开，我一进去就被林漠漠缠了上来。"弥雅快说你跟傅思齐是不是和好了？怎么这一大早两个人就一块的出现。"

"你瞎说什么呢。"我把包放下，说道："不过是碰巧偶遇而已。"

"真的？"

望着林漠漠一脸的狐疑，我用力地点了点头。"千真万确。"

"唉，那还真是可惜了，这些日子我一直以为你会跟傅思齐和好。"

看着她一脸的失望，我忍不住开口问道："你为什么这么希望我和傅思齐和好？"

"大概是我从小言情小说就看多了吧，我一直就觉得有情人应该终成眷属啊。当初你追傅思齐追得那么狠，好不容易两个人走在了一起又说分手就分手了。其实你离开学生会的那段日子，我们谁都能看出来傅思齐有多难过。可是他不说你也不管，我们这些旁人也不好说些什么。现在好不容易傅思齐主动点了想要再追回你，你这个样子我也实在是看地干着急。"

林漠漠的话我听在了心里。她说我和傅思齐是有情人，可是却忽略了我们到底是不是有缘人。我怕这一段感情到了最后，会变成一段孽缘。

见我不说话，林漠漠叹了口气。

"我也只是随口说说而已，你也别太在意。"

"没有。"我抬起头来看她，认真地问道："你觉得我和傅思齐相配吗？"

"什么意思？"

"就是除开感情，你觉得我跟他性格各方面相配吗？"

林漠漠看了我好一会儿，才缓缓地开口道："弥雅，两个人在一起不是看性格，不是看相貌，也不是看家世的。在我看来，只要是喜欢，这一切都不是问题。"

　　真的只要喜欢就够了吗？

　　我摸了摸自己的胸口，那颗不安的心依旧在胡乱的跳动着。

　　我醒过来的时候，窗外已经飘起了今年的第一场雪。一夜未见，外面的雪已经堆得很厚，小区里到处是家长带着小孩在玩雪。我出门的时候赵小乔给我打了个电话，约我下课去她家前院里雪地烧烤顺带堆雪人。

　　我到那里的时候洁妮和周翰已经在准备烧烤用的材料，赵小乔从屋内走了出来喊道："弥雅，我忘记买饮料了，你要是没事现在就帮我去买一下。"

　　这个赵小乔还是那么的不让人放心，我应了声又转身走了出去。而刚走两步，周翰便从后面追了上来，"小雅，我陪你一起去吧。"

　　我点了点头，接着往前走。

　　沉默了好一会儿，周翰忽然开口问道："你觉得项阳跟洁妮还有可能吗？"

　　"为什么问这种问题？"我转过脸去定定地看着他。

　　"就知道瞒不过你。"周翰叹了口气，"其实之前项阳有来找过我希望能让我劝劝你帮他再追回洁妮，你也知道项阳是我的好兄弟，他本性并不坏

的，这一次他也只是一时贪玩没考虑事情的后果而已。"

"周翰，我知道项阳是你的好朋友，以前他也曾经是我的朋友。最开始他跟洁妮在一起的时候我便告诉过他，洁妮不是那种能够随随便便对待的女生，那时候他也答应了我会好好地对待她。可是这两年你也看到了，他的贪玩是无止境的。洁妮的一次次原谅在他看来或许已经成了习惯，他根本就没有想过要改。就拿这次来说，如果不是他自己爱跟别的女生搞暧昧又怎么会发生这种事情。"

我的话句句都在咄咄逼人。周翰看了我好一会儿，最终只是叹了口气没再说些什么。

在我看来，不能够专心致志只爱一个人的都不叫爱情。

项阳他不过是个没长大的孩子，而洁妮不过是一个他还没玩够的玩具。或许现在他想要再把她拿回去，可是之后呢。

我知道现在的分开会很痛，可是也总好过以后更加绵长的难过。

我跟周翰回去的时候，洁妮已经在烤架上放满了食物，阵阵的香气传来惹得我肚子一直叫。把饮料拿过去，赵小乔忽然就把我拉到一边挤眉弄眼道："弥雅，我把傅思齐喊来了。"

正当我错愕之际，傅思齐就从屋内拿着东西走了出来，见到我微微一笑。

"小雅。"

这个赵小乔又在搞什么鬼。趁着傅思齐去帮洁妮弄东西的时候我赶忙捏了一下他的手，愤愤地说道："你跟我进去一下，我有话要跟你说。"

两个人一直走到赵小乔家的厨房，我才甩开她的手，不满地问道："你为什么要喊傅思齐来？"

"怎么了，见到他不开心？"

看着赵小乔调笑的样子我没来由的一阵心虚，"你又不是不知道我跟他现在的关系。"

"就因为我太知道了，所以我了解你放不下他。"赵小乔看向我，认真地说道："弥雅，我知道你还喜欢他，知道你还对以前的事情耿耿于怀。我喊傅思齐来就是想给你们创造一个机会，我不想你今后带着遗憾去生活。"

赵小乔认真的样子让我怔了怔。还没来得及说些什么便听见外面洁妮喊我们的声音，匆匆地便走了出去。

刚过去坐下，傅思齐便递来了一串烤翅。

"小雅，给。"

我有些不好意思的接过去，开口道："谢谢。"

"没关系。"

周翰低着头看不清楚表情，沉默地吃着东西。而一旁的赵小乔和洁妮则是有些好笑地看着我，我的脸烧了烧，还是低下了头。

赵小乔说她不想我带着遗憾的去过以后的生活，她想我和傅思齐再次走

第八章

时光塚

到一块。

我知道相爱没有那么的容易，我也不确定我是不是真的还能够接受。

一群人说说笑笑地吃了两个小时，银白色的月光照在雪地上闪耀出星光。

"这些东西放这吧，明天有人收拾的。"赵小乔站了起来，眼珠子狡黠地转了转说道："这样吧，周翰你开车送洁妮回去。至于弥雅，就让她跟思齐一块走吧。"

赵小乔的安排我还没来得及拒绝，就看见洁妮附和道："周翰，我们走吧。"

随着她们俩一前一后地离开，赵小乔把我拉到一旁小声地开口说道："弥雅，姐姐都给你创造了这么好的机会了，你一定要好好地把握。"

我冲她白了一眼，正想骂她傅思齐便拿过我的包和围巾说道："小雅，我们走吧。"

这条山路并没有多少人，耳边是呼呼的风声，而脖子里传来一阵阵的凉意。我转过脸看了眼傅思齐，他的手上拿着我的东西。

犹豫了半秒，我开口说道："东西给我吧。"

"不用了，我帮你拿着。"

他看了我一眼，忽然伸出手来围住我的肩膀，跟着脖子上传来一阵的暖

198

意，我的围巾已经回到了我的脖子上了。

"对不起小雅，我竟然忽略了这个。"

"没，没事的。"傅思齐的声音里带着的愧疚反倒让我觉得不好意思。

好像还是跟从前一样，面前的傅思齐总是会给我刚刚好的温柔。又沉默了好一会儿，我先开了口。

"傅思齐，你为什么要对我这么好？"

似乎是没有想过我会问这个问题，他愣了下才笑道："因为你是弥雅。"

我以为他会说是因为喜欢，却没想到会是这么个答案。一会儿的失神后，我低下头有些难过地说道："其实你不需要对我这么好的，毕竟我们已经没关系了。"

"没关系？怎么会呢。"他捏住我的肩膀强迫似的让我看向他接着说道："弥雅，我喜欢你，你也喜欢我，怎么会没有关系。况且在我们之间从来就没有说过分手，所以在我的心里你一直都是我的女朋友。仅此，唯一。"

傅思齐的话让我的鼻尖一酸，眼泪像是断了线的珠子一样的滴了下来。

而见我哭了，傅思齐紧张且笨拙地伸出手来帮我擦，可是我却越哭越大声。忽然他一把将我抱在怀里，说："弥雅，我是真的喜欢你，你不要再闹脾气了好不好？"

他的心跳声从我的耳膜里直直地传进了心脏，我一边哭一边用力地点头。

这个少年，我要如何才能够放开手。

我和傅思齐再一次的成双入对，很多时候我们总是牵手一起走在学校里，就连林漠漠看到我都会不由自主地调笑我几句。

赵小乔对自己的成果显然是十分的满意，张罗着要让傅思齐请她吃顿饭作为感谢。

吃饭的地方是赵小乔定的，我们收到消息过去的时候她已经在那里了。原本以为就是我们几个人，没想到不仅周翰，连项阳都来了。

洁妮见状，转过身便想走却被她拉住。我见到项阳自然是没什么好脸色，也搞不清楚赵小乔这么做的目的。我走过去，没好气地问道："你喊他来做什么？"

这个"他"是谁自然是不言而喻，而项阳脸上的表情在听到我的话后僵硬了起来。

"好啦，弥雅，今天就当是给我个面子。"

赵小乔说完这些便招呼着大家坐了下来。我挨着洁妮，有些担心地看着她却被她报以一个微笑。只是这个微笑有多虚弱，明眼人都看得出来。

我猜测着赵小乔是不是做媒人做上瘾了，想着再给洁妮和项阳安排一出破镜重圆。

除了赵小乔在活跃着气氛，所有人几乎都不曾开口。终于等到饭菜上齐，我就一直低着头默默吃饭。

"来，让我们一起喝一杯。"

赵小乔端着酒杯站了起来，见没有人附和她，她沉默了半晌，有些悲伤地低下头，说道："你们能不能别这样？"

"小乔你喝多了。"

坐在她旁边的洁妮拉了拉的袖子却被赵小乔一把甩开，"洁妮，我没有喝多，我清醒得很。"

"你们知道吗？这么长时间以来我只有你们这些好朋友，我多么希望你们好好地在一起。"赵小乔的声音里带着点哭腔，她忽然伸出手指向项阳，"可是你呢，你太让我失望了。我以为你会好好的照顾洁妮，可是却没有想到你会让她受到这么大的伤害。项阳，你简直就不是人。"

赵小乔的怒吼让项阳有些局促，他想站起来解释却被赵小乔堵了回去："项阳，你不要说话。你们谁都不要开口，让我安静的说完。"

赵小乔又给自己的杯子满上一口闷下，她的脸上是清晰可见的难过。好一会儿，才低低地开口道："我要走了。"

她的话无疑是一颗惊雷，一瞬间所有的人都失了言语。脑袋里忽然闪现出上一次赵小乔在操场上跟我说的话，原来那时候并不只是随口说说而已。

时间也不知道到底静默了多久，洁妮有些难以置信地看向她，问道：

"小乔，你这话是什么意思？"

"字面上的意思啊。"赵小乔故作轻松的开口道："我爸妈希望我去他们那边，可能过完年我就要离开这里了。"

赵小乔的父母一直在外公干，之前因为赵小乔的爷爷奶奶还在，所以就把赵小乔放在这边读书。可是爷爷奶奶前两年去世了，如今这座城市里只有赵小乔一人，她父母想要把她接到身边也是理所应当的。

只是明白是一回事，接受又是一回事。

我有些无力地坐在椅子上，傅思齐伸出手来紧紧地握住我，似乎是想要给我力量。

见我们都不说话，赵小乔再次开口道："你们能不能别这个样子啊？大家能够做这么长的朋友也是件很不容易的事情。再说了我只是去外地读两年书，我保证，只要一念完大学我就回来。"

故作轻快的声音里带着些许哽咽。

这个时候说什么都是多余的，我们不可能要求她留下，有些话她说出来了我们就再也开不了口。没人知道这次的分别以后什么时候会再次相见，也没人知道我们现在所经历的这一切感动和热情最后会不会在时光的长河里消失不见。

周翰在沉默了好一会儿之后忽然认真地说道："小乔，我知道叔叔阿姨担心你一个人在这边的生活，可是你还有我，还有我爸妈啊。从小到大我妈都把你当亲生闺女一样对待的，或许我可以跟阿姨商量一下让你继续留在这里，要是实在不放心你独住，你就搬到我们家来。"

"不用了，阿翰。"周翰的提议遭到了赵小乔的拒绝，"这几年我一直没好好地陪过他们，你也知道我们的人生说短不短，说长也不长，我不想留下太多的遗憾。"

赵小乔的声音里是满满的难过，而就像她所说的那样这一辈子这么短，我们总归要为自己不留遗憾，不能够等到失去后才追悔莫及。

洁妮已经低低地哭出声了。

高中的三年是我这二十年来度过的最愉快的时光，虽然赵小乔有时候不靠谱的紧但是终究是我最爱的那个人。

我记得她给我递过巧克力时候的模样。

记得她在大冬天跑很远的地方去给我们买早餐。

记得她在国庆会演时跳得热烈的现代舞。

我记得很多很多的事情，多到回忆的潮水汹涌地将我吞没。

这顿饭到最后大家都吃不下去了，周翰和项阳不停地喝着酒。赵小乔不再说话，而我和洁妮也默默地扮演着哑巴。只是我知道我们都多么的悲伤。

离开的时候洁妮扶着已经喝多了的项阳回去，傅思齐牵着我的手跟他们告别。

赵小乔走过来抱住我，说："弥雅，对不起。"

我用力地回抱住她，却不知道该说些什么。我想那些曾经说过要一起走下去的人，或许就会在人生的某一个转弯处就抛下我独行。

这样的想法让我格外的难受。

"我先回去了。"赵小乔放开我，朝周翰走去。路灯将她的背影拉得好长，看上去是那么孤单且落寞。

我就这么看着，直到他们的身影消失在这漫漫的长夜里。

"走吧，小雅。"

我回过头看了傅思齐一眼，"嗯，走吧。"

赵小乔的事情让我害怕失去，我用力握住傅思齐的手，问道："你会离开我吗？"

"说什么傻话呢？"傅思齐停下脚步，认真地看向我，"小雅，只要你不让我走，我就会这么一直待在你的身边。"

他的话让我的心泛起暖意，握住他的手更紧了一点儿。

我想幸好，幸好我又回到了他身边，幸好这一切都还来得及。

02

那之后的几天我都沉浸在赵小乔即将要离开的悲伤里，傅思齐知道我心情不好，一直都陪在我身边。

洁妮出事的那一天我正在上选修课。

放在桌子上的手机震动了好几次，直到台上的老师忍不住翻我白眼的时候我才灰溜溜地从后门跑出去，一接起电话就听见项阳慌张的声音。

他说："小雅，洁妮她，洁妮她出事了。"

外面的雪似乎在这一刻忽然下大了，上课中的静悄悄的学校里只剩下项阳的那句话不停地回荡在耳边。

我赶过去的时候，洁妮把自己关在房间里。而房间外是流着泪的赵小乔和不停捶着墙的项阳，一见到我他马上冲了过来跪到我的面前。

"小雅，我求求你了，你一定要帮帮洁妮。"

我一看项阳这个样子，更加不安。

我忍不住破口大骂："到底发生了什么事？项阳你又对她做了什么混账事？"

"我，我……"

项阳哽咽着说不出口，一旁的赵小乔走过来拉住我，哽咽道："小雅，洁妮她……她昨晚被人下药了。"

"下药？"我心里一惊，"什么药？到底是怎么回事？"

"都怪我不好。"项阳狠狠地捶了一下墙壁，"那天聚餐后我觉得自己跟洁妮还有机会，这几天我也一直去找她，想要跟她重新开始。昨天我本来是约了她的，后来临时我爸找我我便告诉洁妮我去不了了。她一定是生了我

的气才去酒吧的，如果不去的话，如果不去的话……"

项阳的话再也说不出口，赵小乔听他这么说，眼泪流得更凶了。正当我着急地想要接着问时，口袋里的手机急促地响了起来。

是林漠漠的电话。

这个时候的我根本不想要再去听这些，挂掉后便接着冲着项阳吼道："你告诉我，洁妮她到底怎么了？"

我的话音刚落，林漠漠的电话又打了过来，声声不歇。

"喂，你这么急着找我到底有什么事？"

许是我不好的情绪透过声音让她感觉到了，林漠漠愣了下，接着问道："弥雅，你是不是有个朋友叫洁妮？"

"你怎么知道？"

"你别管我是怎么知道的了。我告诉你，刚我朋友打电话来给我说本地论坛都被一个贴刷爆了，是一个女生的裸照，并且详细地附上了她的个人资料。"林漠漠顿了顿，"弥雅，那个人就是洁妮。她看起来像是被人下了药，迷迷糊糊的。"

"啪"的一声手机从我的耳边滑落在地。我忘了自己是怎么冲过去给项阳一巴掌，掌心传来的疼痛感和心里的那些相比根本算不上什么。

我歇斯底里地喊道："项阳，你怎么不去死！"

"是，我该死。"项阳伸出双手，不停地扇着自己耳光。

赵小乔冲过来抱住我，哭着说道："弥雅，现在怪项阳也于事无补。我知道你很难受，可是我又何尝不是呢。现在最要紧的事情就是陪着洁妮一起去面对这些。"

　　赵小乔的话让我回过神来，不再去管在那边的项阳我开始敲着洁妮的房门。

　　"洁妮，你开开门，我是小雅。"

　　我一边喊她一边敲门，可是房间里没有半点反应。

　　这时，周翰赶了过来，一看见我们3个这个样子便问："你们都知道了？"

　　见我们不说话，他看了一眼紧闭的房门，问道："洁妮把自己关在里面多长时间了？"

　　"3个多小时了。"赵小乔带着哭腔的声音传来，"下午我们刚到学校就有人一直对她指指点点的，后来才知道她的照片被人贴在了学校公告栏上。那么多人看过了，她几乎是马上就崩溃的跑回来了，我跟着她回来却被她关在了门外面。"

　　听完她的话，周翰皱了皱眉："你们都让开。"

　　赵小乔把我拉到一边，周翰一脚把门给踹开了。

　　房间里是让人窒息的黑暗，床上的洁妮紧紧地闭着眼，鲜红的血正从手腕处蜿蜒地流下。

倘若，
来得及
If, It's Still On Time

"快，快叫救护车！"

忘了是怎么到的医院。我就好像是做了一场梦，梦里面是大片大片鲜艳的红色。等到我回过神，人已经站在了手术室的门外。

"你们谁是病人的家属？"有护士小姐走过来冲着我们问道，见我们没人说话接着说道："麻烦你们赶紧联系下病人的家属带好相关的资料来。"

项阳出去给洁妮的父母打电话，赵小乔坐在我的旁边紧握着我的手。这个时候她已经不再哭，可红红的双眼以及不停颤抖着的手依旧在宣告着她的不安。

手术进行到一个半小时的时候，安伯母才匆匆忙忙地赶来。一看见手术还没结束，整个人顿时就瘫坐在了地上。项阳连忙地扶起她，"阿姨，你别这样。"

有眼泪从她的眼眶里流出，好一会儿她才问道："到底为什么会这样？"

我们谁都不知道该去怎么开口，一时间沉默蔓延在空气里。见我们这样，安伯母闭了闭眼睛，嘴里不停地念叨着："我这到底是做了什么孽啊。"

手术进行了5个小时，从暮色四合的黄昏到星光璀璨的深夜。当洁妮被推出来后，我们所有人都松了一口气。

之前的5个小时，对我来说每分每秒都是煎熬。洁妮躺在血泊里一脸惨白的样子就像梦魇一样，不停地出现在我脑海里，不安的想法不停地煎熬着我。

我害怕洁妮会就这样撒手离开我的人生，我害怕此后再也看不到她的笑，我害怕在将来我难过的时候再也没有人温柔地给我安慰。

幸好，幸好我害怕的这一切并没有发生。

"虽然我们很努力地将她抢救过来了，可是病人的求生意识很弱，我希望你们还是做好心理准备。"主刀的医生从手术室里走了出来，拿下口罩有些无奈地对我们说道。

听医生这么说，我原本好点儿的心情瞬间又跌到了谷底。

我明白洁妮的心情，如果是我发生了这样的事情，我可能也会像她一样。可是这个时候，我不是她，我只能够在心里不停地祈祷着她能够有勇气再站起来。

这一夜我们谁都没有睡，轮流的在病房外面看守着。透过玻璃，病床上的洁妮看起来就像是一只折了翼的蝴蝶，我们谁都不知道她有没有勇气睁开眼睛再看一眼这个世界。

傅思齐找到我的时候已经是隔天下午，我一脸悲怆的样子吓坏了他。一见面他便将我紧紧地拥在怀里，他的手不停地抚摸着我的头发。

他说："小雅，没事的，没事的。"

第八章

时光塚

209

这件事发生到现在的一天内我都没有哭过，可是如今当闻着傅思齐身上那熟悉的味道时我终于还是忍不住掉下泪。

医院的走道上人来人往，我就这么埋在他的怀中放声大哭。

也不知道到底哭了多久，赵小乔慌慌张张地跑了过来，说道："弥雅，洁妮她醒了。"

原本悬在半空中的心这下子彻底地归回原位，我几乎是迫不及待地就挣开了傅思齐的怀抱往病房里面跑。我进去的时候，洁妮已经被他们围在了里面。我挤了进去就看见她防备似的将自己圈在角落，一双眼睛不安地看着我们。

"洁妮，我是妈妈啊。"

安伯母红着一双眼睛伸出手想要去拉她却被她慌慌张张地躲开，她防备的样子让我的心不由自主地又跳慢了半拍。

项阳见状凑了上去，问道："洁妮，你还记得我吗？"

那之后，不管我们说些什么，她都像是没有听到一样的不说话，只把自己缩成一团。

看到她这个样子我鼻子一酸又忍不住想哭，傅思齐走过来安抚似的拍了拍我的手背："别太担心，我去喊医生来看看。"

说完，傅思齐便离开了病房，再回来时带着洁妮的主治医生。

"你知道这里是哪里吗？"

他看向洁妮问道，可是回应他的却只有一室的寂寞。如此他又接着向洁妮问了一些，可是却依旧没有得到回答。

"可能是自闭症。"主治医生回过头来看向我们说道："病人应该是受到了很大的打击。昨天为她进行手术的时候我就感觉到她求生的意识很弱，而现在醒过来又表现出不想与外界沟通，对周围的人和事都充满戒心。"

"我想在她身上发生的事情一定很难让她接受，所以才会得这种病。"

主治医生的话是我们所有人都没有想过的，一时间安伯母接受不了这个打击当场晕了过去。项阳跟周翰抬着她到隔壁病床上躺着，赵小乔又开始哭了起来。

我被她的哭声弄得心烦意乱，紧握住的拳头指甲深深地嵌进了肉里。

如果让我知道肇事者是谁，我一定会让他们尝到应该有的报应。

这个冬天似乎是再也看不见阳光，我开始常驻在医院里。不停地陪洁妮说着话，可是她却永远都是面无表情的抱着自己不说话。

这件事情已经转交给了警察处理，具体的情况我都一概不知。在听说抓到嫌疑犯的时候，我和赵小乔都去了一次警局。

那是一个20岁左右的男青年，染着黄色的头发，看上去就是个小混混。他的脸颊上一片乌紫，那个小警察发着"啧啧"声对着我们说道："刚才有个小伙子好像是你们的朋友，二话不说就抡起拳头打了他一顿，要不是我跟我同事拉着，指不定出什么事呢。"

我和赵小乔对望了一眼，心里不约而同地都想起了项阳。

"那我那个朋友呢。"我问道。

"不太清楚，他跟这个小混混不知道说了些什么，之后就急急忙忙地了出去。"警察看着我们说道："你们聊，我那边还有点儿事情要做。"

"嗯。"

看着他离开后，我便开口冲着那个小混混问道："刚才来的那个男的跟你说了什么？"

似乎是项阳之前的那一顿胖揍让他老实了不少，他有些胆怯地看向我们开口道："他问我为什么要做这种事情，我就告诉他是有人拿着钱让我帮忙做的。他似乎是知道了什么拿出手机找照片让我认，当我认出来后就匆匆忙忙地走了。"

他的话让我一怔。我早该想到的，这么有计划的事情根本就会有幕后的主使。我接着问道："那个给你钱的人，你知道是谁吗？"

"我不认识那个女的。"他摇了摇头，"我是在酒吧碰到她的，她给了我好多钱，让我帮她去羞辱你们那个朋友，然后再拍下她的照片传到网上。"

"行了，我知道了。"我有些烦躁地打断他的话。

那两个字就像是我的禁忌，我甚至连听都听不得。

出了警察局，我给项阳打了几个电话可是一直都是无人接听。赵小乔皱着眉说道："弥雅，刚那个人说的女的是不是莫亚丽。"

脑海里一瞬间就浮现出那双怨毒的眼睛。我的身体微微一颤，同时不好的预感又再次的席卷而来。我想项阳一定是知道了这个，依照他的性子指不定会做出什么事情来。

我拉过还在一旁猜测的赵小乔，急忙地说道："你快给周翰打电话，让他快点找到项阳，我担心他会做出什么傻事来。"

周翰不知道是用了什么办法找到了莫亚丽家里的地址，我们到的时候房门被大开着。即使是站在门口，依旧能闻到淡淡地血腥味。

内心突如其来的恐惧一瞬间将我包围，我们冲进去的时候项阳已经不在了，而莫亚丽苍白着一张脸倒在血泊里，她的腹部正源源不断地流着鲜血。

见到我们来，她慢慢地抬起手来。

"救……救我……"

莫亚丽被送进了医院，而我们几个则是被警察带回去循例问话。我不知道周翰和赵小乔是如何说的，全程下来我除了沉默并没有太大的反应。

我妈来接我回去的时候，脸色不太好，但是终究还是没有说些什么。

项阳就这么失踪了，电话打不通，连他家里都在疯狂地找他。这些日子以来洁妮依旧把自己关在自己的世界里，安伯父从外地赶了回来，连双鬓都已经染了白。

第八章

时光塚

本该洋溢着幸福的新年却充满着阴霾。

项阳去自首是在过年前一周，我见到他的时候他一脸颓废地坐在警察局内，见到我们几乎是马上问道："洁妮她最近还好吗？"

我的鼻子一酸，几乎是不忍心再看他。

赵小乔拉着我的手，周翰在一旁跟他说起近况。莫亚丽的身体一直不见好转，从进了医院便一直待在加护病房，就连警察的笔录都没有办法帮忙完成。

出警察局的时候，整座城市的上空又开始飘起了雪。走了一段路，赵小乔忽然就蹲在地上哭了起来。她说："弥雅，为什么会发生这么多的事情。"

我低下头看她，却根本不知道该说些什么。

这段时间以来发生的一切是我生命里不可承受之重。洁妮的事，项阳的事，一个个的噩耗让我猝不及防，只能够任由悲伤侵蚀着我的四肢百骸。

周翰蹲下去摸了摸赵小乔的头顶，"没事的，小乔。"

"怎么可能会没事。阿翰你知道的，过完这个年我就要离开这里了。可是现在发生了这么多的事情，我又怎么能走的安心。"

"你不需要担心这么多。"我安慰道，"这里还有我，还有周翰。"

"是啊，还有我们。"

如果外面的世界能够让你更自由的飞翔，那么我们不会去做禁锢着你的城堡。

莫亚丽在加护病房内待了一周多才被转到普通的病房，同一天内警察过来做了供词，控诉项阳故意伤人罪。尽管项家富贵，但是在权力场上终究还是无用，几番辗转也没能把项阳的事情压下来。周翰虽然有心帮项阳，但是周家长辈却不想惹事。

我接到警察电话说项阳要见我的时候是在他被判刑的前一天。

我们面对面地坐着，他的胡子被刮过了，整个人看上去比当初清爽了不少。他说："小雅，我今天找你来是有点儿事情想要告诉你。"

跟前几次一样，不好的预感从心里冒了出来。

项阳说："那天，我去找莫亚丽算账的时候，她慌张之下说出当初原本是想要找你跟赵小乔麻烦来给洁妮一个打击，可是却误打误撞的碰到了她，她说当时是有人告诉她你们在那个酒吧里的。现在我已经进来了，没办法再调查更多，赵小乔过完年就要离开了，可你不同，你一定要小心点，不能和洁妮一样被人害了。"

项阳的话让我整个人都愣住了。有人想要害我和赵小乔？我这些年虽然算不上有多低调，但是应该还不至于有人会这么想害我。

见我不说话，项阳接着开口道："你多注意点儿身边的人，尤其是那些对你不怀好意的。"

脑海里忽然就出现了一张脸，一张带着不甘心和愤恨的脸。

第八章

时光塚

215

不，怎么可能会是她。

我努力地甩掉脑袋里这个可笑的想法，可是……

能够这么恨我的人，除了她我似乎再也想不到别人了。

这些日子来，我忙于洁妮和项阳的事情跟傅思齐没怎么联系，偶尔的电话联络中他也表现出很忙的样子。我没有再去学校，也不知道他最近到底在忙些什么。

倒是林漠漠打过几个电话来关心我的近况，她会说各种各样的笑话来逗我开心。

洁妮在住院半个月后被接了回去。自从上次他的父母离婚后，安伯母便搬去别的地方住，而安伯父似乎跟公司调任去了外地。

在发生了这样的事情后，安伯父已经跟安伯母达成了协议，要带洁妮离开这里。我们没有人敢说些什么，这或许就是最好的结局。

林漠漠打电话来告诉我听到的一些风言风语，她说最近她听系里的同学在传这次去国外的交换名额定下来有傅思齐。

她不停地问我要怎么办。

挂了她的电话后，我决定去找傅思齐谈一谈。这些日子不见，我想告诉他我很想他，我也相信他不会离开我。

他的承诺，就如同那一晚雪地里的星光一样，闪耀在我的心里不曾褪色。

我到傅思齐家的时候，院子的大门时打开着的，傅伯父似乎是出去了，整个院子都空空的。

我往里屋走去，傅思齐的房门轻掩着，正当我准备推门而入的时候傅思齐无奈的声音传了出来。

"蓉蓉，你不要这个样子。"

我皱了皱眉，就听见黄蓉带着哭腔的声音。

"思齐，我不想的，我真的不想的。这些日子以来我几乎每天晚上都要做噩梦，我梦见洁妮找我报仇，梦见项阳杀了我。我求求你，求求你带我离开这里。"

项阳的话言犹在耳，如今对比着黄蓉的这段话，一个可怕的事实就这么浮现了出来。虽然那一天黄蓉的脸已经在我的脑海里有了个轮廓，但是最终我还是相信她不是个坏人。

可现在，她的话就像是一个巴掌一样狠狠地打在了我的脸上，嘲笑着我的无知。

原来，害了洁妮的人是我。

我推开门走了进去，再看见我的那一瞬间两个人的表情都迅速地变了。傅思齐走过来想要拉我的手却被我躲了开来，他有些局促不安地说道："小雅，你怎么来了？"

我冷冷地看向他："洁妮的事你是什么时候知道的？"

"弥雅，我……"他的话说到一半便再也说不下去，转口道："你别这样。"

"那我该哪样？"我怒吼出声，"傅思齐，你现在只需要告诉我，你到底是什么时候知道这件事情的，为什么你要瞒着我？"

"小雅……"

他的声音里带着浓浓的难过，眼睛里是一片化不开的忧伤。

黄蓉冲到他的面前："弥雅，事情都是我做的，你冲着我来。"

"你以为我不敢吗？"

我扬起手来，而这记巴掌还没落下来就被傅思齐拦在了半空中："小雅，你不要这样。"

"哈哈，不要这个样子。"我冷笑出声，"那么傅思齐，你告诉我我到底该怎么样？我最好的朋友被她害的人不像人鬼不像鬼的，项阳因为这件事坐了牢。可你呢，你身为我的男朋友，明明早就知道了事情的真相还帮着她，你到底有想过我的感受没。"

"我知道你很难过，可是蓉蓉是我的妹妹，我不能看着她去死。"

"那我呢。你就忍心看着我这样？"

傅思齐没有再说话，而被他保护在身后的黄蓉则是低着头。

傅思齐看了她一眼，低声说道："蓉蓉，你先回家去，这件事我来解决。"

"她不能走！"

我尖叫着伸出手，想要拉住黄蓉，却被傅思齐拦住了，他再次对黄蓉说道："蓉蓉，你听话，先回去。"

"你为什么要这么做？为什么？"

我不知道哪来的力气将傅思齐箍住我的双手甩开，一巴掌打在他的脸上。

"傅思齐，我恨你！"

"小雅……"他伸出手想要再拉我却被我躲开来，他的手僵硬了一会儿才缓缓地落下，他垂着眼开口说道："蓉蓉真的不是存心的，自从知道洁妮出事后，她也很愧疚。"

"她愧疚？"我像是听到了什么好笑的笑话一样的笑出了声，"她的愧疚就是要让你带着她离开这里吗？傅思齐，你们做人怎么可以这么不要脸。"

他如浓墨般的眼睛紧紧地盯着我，好一会儿才说道："那天我从医院回去了之后便看见蓉蓉在家里等我，一见到我她就忍不住地哭。后来在我的细问下才知道她告诉我说听到有人找你们，她因为我们俩和好的事情心里一时不忿便告诉了她你们的位置。蓉蓉原本以为那些人只是教训你们一下，却没想到会发生这种事情。"

"小雅，你相信我，蓉蓉的本性并不坏。如果她知道事情的结果是这样，她一定不会做这种事情。"

傅思齐的话在我听来就像是一个天大的笑话，那些明明犯了错的人总是要被冠上这么一个冠冕堂皇的理由。

我闭上眼，再睁开时，我忽然就觉得自己不认识面前的这个少年了。

他说黄蓉在愧疚，说黄蓉很害怕，说黄蓉的本性并不坏，可是他由始至终没有问过我、没有想过我难不难过、绝不绝望。

从心里席卷而来的悲伤将我吞没。

我问："傅思齐，这个世界上从来就没有时光倒流这一说法。现在事情既然已经发生了，我就想问问你到底准备将黄蓉怎么办？"

我的提问让他愣了好一会儿，他尝试着的开口向我求情道："小雅，能不能看在我的分上，这件事情就这么算了。"

"算了？"我看向他，对他说的话难以置信。

虽然早就知道傅思齐对黄蓉的责任心很大，可是他这么卑微的请求在我看来却根本是没想过的。

她所犯的错任谁都不能原谅，他又到底是哪来的勇气去让我就这么算了。

见我不说话，他接着说道："我知道这样的请求会让你很难做。可是洁妮和项阳的事情都已经发生了，你又何苦再拉着蓉蓉去死。弥雅，就当我求你了，不要去举报蓉蓉。"

我从来没有想过会有这么一天，傅思齐因为黄蓉的事情对我卑微到了尘埃里。

我闭上眼睛，不想让他看见我即将要夺眶而出的眼泪。我想我是爱错了人，这半年来的喜欢就全像是喂了狗。我再睁开眼时，看向他已经是满满的陌生。

我说："傅思齐，从今天开始，我弥雅跟你再无任何的关系。此后你是死是活，都跟我再无瓜葛。我不会再爱你，也请你不要再来找我。"

我话中的决绝让他的眼睛一瞬间暗了下去，我看见他的手抬了抬又无力的放了下去。好一会儿他才张了张嘴。

"我知道了。"

我知道了。

这句话或许就是傅思齐跟我说的最后一句话。今后不管是大雪还是艳阳，不管是炎夏还是深秋，我们都再也不会拥抱和亲吻。

从心脏处传来的疼痛感让我整个人都快要不能呼吸。

我忘了自己是怎么走出他的家，忘了自己是怎么在人潮汹涌的街头哭出声来。

我想这或许就是命运最可怕的地方，明明相爱却终究还是不能一起相守百年。而此后不管我身在哪里，旁边有着什么样的一个男人，我想我都不会忘记。

03

自从安伯父说要将洁妮带走后，没过两天便收拾好了她的行李。我没有去送她，一个人躲在房间里哭的昏天暗地。我想起了我们的曾经，想起了太多的年少往事。

赵小乔在新年夜的前一天晚上约我去山顶放烟火，她站在我的旁边看着山下的万家灯火。她说："弥雅，我明天就要走了，今后你自己保重。"

我没有说话，沉默着点燃了一根又一根烟火棒。

我想起了很久以前的事情。

那大概是高二那年的除夕，在吃完年夜饭后，我们五个人也相约一起来山上放烟火。那时候项阳还不小心烧了一片树，在开学的时候被通报批评。

可现在，我身边的人只剩下赵小乔。

那些曾经一起约定到永远的人，如今也都渐渐地离开了我的身边。洁妮如此，项阳如此，就连身边的赵小乔也即将要走。

时光的可怕就是我们明明知道有些事情有些人留不住，但是却偏偏地还是会忍不住的难过。

我没有去送赵小乔走，周翰在送完她回来的时候告诉我赵小乔在没看见我的时候很失望地离开了。我很想哭，也就真的就这么哭出了声。

周翰伸出手来抱了抱我，安慰道："没事的弥雅，你还有我。"

是啊，我也只剩下周翰了。

一想到这，我就忍不住哭得更凶了。

我回到家的时候我妈已经准备好了饭菜，看见我回来冲我说道："弥雅，今天我打扫家里信箱的时候发现有一张给你的明信片，我已经帮你拿到你房间的写字台上放着了。"

我应了声换好拖鞋往屋子里走。

那是一张印有巴黎铁塔夜景的明信片，反面上是我再熟悉不过的傅思齐的笔迹，邮戳是很早很早以前。他说："小雅，我爱你，我们还能继续吗？"

一瞬间，我忍不住泪如雨下。

这张明信片已经在邮箱里放了太长的时间，如果不是过年要进行大扫除的话恐怕就会这么一直暗无天日地留在那里。

我想起了很久以前有一次跟傅思齐约会所去的咖啡厅，那家店主似乎对巴黎铁塔有着格外的热情，店里的各种小装饰都是它。

我那时候觉得新奇便缠着傅思齐，让他答应我将来一定要一起去一次巴黎，一起去看一次夜幕中的埃菲尔铁塔。

那时候的我对于我们的未来抱着太多幻想，我甚至想过大学以后我们就结婚，然后两个人组织一个温馨的小家庭，每天他下班后我已经做好一桌子的菜等他回来。然后在一切都稳定下来之后，我们有一个属于彼此的爱的结

第八章

时光塚

223

晶，不管男孩儿还是女孩儿，我甚至已经想好了许多名字。

只是如今再回想起来，不免一阵悲伤袭来。

我想那些过去终究只能是过去。而这张明信片，如果来的再早一点儿又会是怎么样的一番光景呢。

我不敢去想，只能够忍不住地看着他流泪。

我想我和傅思齐时再也回不去，我也再也不能陪着他走下去。

不能陪着他看盛夏的晚霞，深秋的日出。

不能陪着他踏过每一处风和日丽的光景。

不能陪着他去完成我们要一起看巴黎铁塔的承诺。

那些我想陪着他做的事情，在今后的日子我可能会陪着另外一个人经历。只是傅思齐，为什么我会这么难过。

整个春节我过得像是失了水的鱼。周翰在大年初一的时候来我家拜年，顺便给我包了一个很大的红包。

他不知道从哪里找来了我们高中那3年每次大型会演的录像带，我和他待在房间里看了一整个下午。

那时候的洁妮和赵小乔在舞台上魅力四射，镜头不经意地扫过台下的我们，往事一幕幕地在脑海里清晰浮现。

周翰走的时候我拥抱了他，我说："谢谢你。"

谢谢你还能陪在我的身边给我这么多的勇气。

周翰回抱住我,他怀里的温暖像是要把我融化掉。他说:"小雅,不管怎么样,我都会陪在你的身边。"

我忽然就想起了在很早以前傅思齐也跟我说过同样的话,只是如今早就已经变成了不可能。

难过像潮水一样的袭来,我躲在周翰的怀抱里不再说话。

这些日子以来,如果没有他,我真的不知道自己能不能撑过来。

我知道他对我的好,我享受着却又不敢付出。我知道这样对他不公平,可是我真的无力接受。

这样的状态,让我心怀愧疚,而我不敢想象,假如有一天连周翰也离开我了,我会变成什么样。

我说:"周翰,如果有一天,有一天你想要离开我的话,一定要先告诉我。"

"说什么傻话呢。"周翰将我从他的怀里拉开,看向我,目光里是刻骨的认真。他说:"小雅,我刚才说过,不管将来会变得怎么样,我都会一直陪在你的身边。"

"我会陪着你坐看庭前花开花落,笑看天边云卷云舒。"

周翰的一脸深情让我忍不住垂下头,好一会儿才故作轻松地打趣道:"你这句话是从哪学来的啊,这么酸。"

第八章

时光塚

"酸吗？我前些日子上网的时候看到的，好像确实有点儿太肉麻了。"

一时间，气氛得到了缓和。周翰又将我抱住："小雅，相信我，这个世界的难过都会过去。你现在所经历的悲伤，总有一天会变成你笑着面对未来的力量。"

再回到学校已经是三月中旬，刚入校便听到了关于傅思齐要出国的事情。林漠漠有些担心地看向我问道："弥雅，你没事吧。"

"能有什么事呢？"我微笑着看向他，努力的忽略掉心中的那一点儿难过。

"我听说黄蓉也要跟着傅思齐去法国。"

原来是去法国啊，我一瞬间失了神。

我之前想着傅思齐会不会带着黄蓉去看埃菲尔铁塔，会不会将当初对我的承诺重复着说给别人听。

这样的怀疑让我整个人都变得悲伤了起来。

我在走道上碰到傅思齐的时候，谁也没有开口打招呼，我们就像是陌生人一样，擦肩而过。

林漠漠告诉我这是傅思齐最后一次来学校了，他将乘坐明天的班机飞往巴黎。

我忘了该怎么说话，只能够愣愣地跟着她回到教室。

那一夜，我做了一个梦，梦里面是傅思齐跟我站在巴黎铁塔下面的情景，他拉着我的手，目光里是大片绵长的忧伤。我哭着从梦里面醒了过来，午夜的寂静让我觉得可怕。

我在房间里呆坐了很久，直到第一抹阳光透过窗帘洒了进来。外面开始有我妈起床做早餐的声音，我茫然地走下床打开门就看见厨房里的她正打了个鸡蛋在锅里准备煎。

我走过去从后面抱住她，将头靠在了她的背上。

"喂，弥雅，你这大早上的发什么疯呢。"

她的身体僵硬了下，煎鸡蛋的动作停了下来。我不说话就这么静静地靠着她，闻着她身上熟悉的味道让我觉得心安。

"妈，你会养我一辈子吗？"

"你这姑娘说什么胡话呢，我才不要养你一辈子，早点嫁出去省的碍我的眼。"妈妈的话说到一半停了下来，好一会儿才接着说道："不过你要是真找不到一个好男人，妈就把你留在身边一辈子。我们家的姑娘这么好，才不能随便给那些浑小子糟蹋。"

我听她这么一说，鼻子酸了酸就哭了出来。

窗外的阳光暖暖地照在我们俩的身上，而这一切都是那么的美好。

我在吃完早餐回到房间里的时候，手机上提示着有一条新的短信。打开来才发现是傅思齐发来的，他说："小雅，再见了。"

我明白有些事情有些人，一旦错过了就很难再变得圆满。而我和傅思齐

第八章

时光塚

就像是两条背道而驰的火车，永远都只能够往前行。

我知道这句再见便是再也不见。

时光会轰轰烈烈地带着我们向前走，从此不再回头。

番外
外
赵小乔篇

If, It's Still
On Time

走在北京的大街上，三月底的晚风吹得我骨头生疼。

新学校的生活环境倒是不错，只是再也找不到能陪我疯狂逛街、到处撒泼的人了。

刚和弥雅通过电话，她说傅思齐和黄蓉一起去了巴黎。我不知道他们之间发生了什么，她不提我便不问。

离开C城后我才发现，很多东西是在电话里表达不清楚的，我很想给弥雅一个拥抱，可是最后却只能够是言语上苍白的安慰。

这样的认知让我感到难过。

自从洁妮出事之后，我好像一夜之间长大了不少。前些日子周翰给我寄来了当初文艺会演的录影带，我看着画面里那个蹦蹦跳跳的自己差点都认不出来。

我有问过周翰洁妮的事情，可是好像从她被带走后便再也没了消息。至于项阳，我听说他在里面表现得还算优异，应该能够获得减刑。

来北京的这一个多月，我几乎每晚都在做梦，梦里的我们是无忧无虑的十六七岁，那么开心、快乐。

有一天晚上，我从梦中惊醒，窗外正下着暴雨。

我赤着脚走下床去窗户边，一只流浪猫躲在路灯下，冻得瑟瑟发抖。我穿好衣服，下楼去把它抱了上来，它看起来不太和善，在我抱它的时候将我的手背挠破了。

我给它取名叫"闹闹"，每天都要跟它玩上好一会儿。

闹闹的出现让我孤单的生活里多了几分乐趣，它渐渐和我熟稔了起来。很多时候我都觉得它是老天派来陪着我的，让我一个人的生活变得不再难熬。

我让弥雅也养只宠物，省得整天胡思乱想的。她答应了，隔天便给我发了一张哈士奇的照片。她说它叫玩玩，她在宠物店看到它的第一眼便被它征服了。

日子就这么一成不变地过着，有时候我会忘记那些不愉快的事情。

其实，有一句话我一直都没有对洁妮说过，那就是：

洁妮，你是我的天使。

番外 外
周翰篇

If,
It's Still
On Time

　　我从看守所里出来的时候，C城的天空洁净得像是乌尤尼的湖面。这些日子以来，我几乎每周都要去看一次项阳。他似乎已经渐渐地习惯了牢狱里的生活，跟我说着里面发生的事情。听狱警说他在里面的表现很不错，有极大的可能性会被减刑。

　　最开始他有问过我有没有洁妮的消息，可是到最后他再也没有问过。我知道他在想什么，他觉得对不起洁妮，毕竟莫亚丽是他先招惹的。如果放在以前的话项阳可能会追问个不休，可是现在他剩下的却只有释然。我知道他比谁都希望现在的洁妮能够生活得更好，或许他们再也不会遇到，但是我知道他这一生注定会将洁妮放在心里。

　　傅思齐离开了，我原本以为弥雅会很伤心，但是她表现得跟往常没有什么两样。我们经常一起出来吃饭。韩国烤肉、日式料理……每去一家餐厅她都会拍下来发到微博上。前些日子她似乎是受到了赵小乔的怂恿，拉着我去宠物店，说要买只猫，可回去的时候她牵着的是一条长得很蠢的哈士奇。

　　她告诉我她决定给这只哈士奇起名叫"玩玩"，跟赵小乔的那只猫配成一对。

我们之间的话题再也没有傅思齐，以至于很多时候我都怀疑这个人是不是真的出现过。直到有一天我跟弥雅路过一家咖啡厅，她忽然就哭了出来。

　　那是过完年后我第一次看到她哭。

　　她说："周翰，傅思齐以前说过要带我去巴黎看铁塔的。"

　　那一瞬间我明白了，原来，有些人就算已经离开了，还是会深深地印在心里。就像傅思齐，他早就变成了弥雅心上的一颗痣，擦不掉、抹不去。

　　可是那又有什么关系呢。

　　有些人适合用来想念，而有些人则是用来陪伴。

　　而陪伴才是最长情的告白。

疯狂游乐场

妖舍的秘密花园

——涂色互动游戏

承载七情六欲，拥有灵性妖异的奇物古董；佩一卷青竹简，悠然不知度过多少年的神秘店长；

一名活泼生气、打扮奇异的猫眼少年；一间沧桑古朴，只待有缘人走入的古老店铺……

这便是妖舍。

它曾现身于城市繁华热闹之处，也曾在红尘寂静清冷之地开门迎客。

只有有缘的人，才能走入妖舍，发现妖舍里静静等待了千年的古物——

一面布满裂痕的古铜镜，映照无数爱侣间的分分合合；

一把写尽风流的桃花扇，扇出女儿身不让须眉的傲骨；

一柄磨砺风云的龙泉剑，淬火一人短暂生命至诚信念；

一枚万妖引灵的太公钩，引出稚气少年的热血英雄梦……

与**玄色、娑罗双树**成名作媲美！

《哑舍》之后惊艳登场！

中国古风奇幻单元剧推荐——

七日晴《妖舍物语》

历时半年，几度易稿删改，

正能量暖萌系作者七日晴呕心沥血之作！

游戏规则

重要提示

本故事没有女主角

只讲述了

绝美店主、可爱店员、

妖魅贵客与古董妖灵们

的故事

将涂好色的人物拍照晒图@merry七日晴新浪微博（先关注作者哦），只要涂色惊艳指数达7分，即可获赠作者的亲笔签名礼物！即@即获得作者打分回馈！

她心里有一个秘密，关于那场记忆，模糊人像是她不能记忆的遗憾；他心里有一场罪孽，关于那个女生，生死未定的罪是他无法摆脱的孽。她与他，是命中注定要相遇的，可，他与她，也是命中注定要错过的，像初遇时的遗憾……

【用记忆深深把你记住】

菜菜酱今天就化身记忆大师，为大家提供几个快速记忆法则。

 第一步【准备】

记忆需要"钩子"，先准备一些：

3个字：上中下、左中右、京上广、你我他

4个字：春夏秋冬、男女老少、前后左右、省市县乡

5个字：东西南北中、酸甜苦辣咸、金银铜铁锡

6个字：上下左右前后

7个字：赤橙黄绿青蓝紫

 第二步【联想】

在需要记忆的问题中找关键词，把关键词和一个记忆"钩子"放在一起进行一级联想。

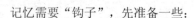

第三步【回顾答案】

> 比如问题：辛亥革命失败后，以孙中山为首的资产阶级革命派为反对北洋军阀的统治，发动了哪些主要斗争？
>
> 回顾答案：发动了二次革命。

第四步【反复】

> 将问题和答案反复对比，记忆就会逐渐清晰了。

【病理知识之脸盲】

01 脸盲症的含义

脸盲症又称为"面孔遗忘症"。最新研究发现，过去被认为极为罕见的脸盲症实际上在全球范围内较为普遍。该症状表现一般分为两种：患者看不清别人的脸；患者对别人的脸失去辨认能力。

02 病因

大脑中很多个部位都参与了对容貌影像的信息处理，不过影像学研究表明一个叫作梭状回面孔区的部位尤其重要，这是大脑颞叶的一部分。大脑后部的枕叶面部区可能也扮演着重要角色，负责分辨看到的物体是不是人脸。同样在颞叶里的颞叶上沟能够对被观察者的表情变化和视觉角度变化做出反应。

03 治疗

目前脸盲症还属于医学难题，医学家称没有任何治愈方法。

福尔摩斯の

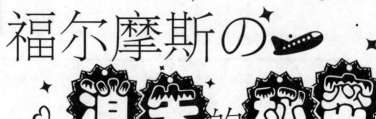

消失的秘密

今天编辑在公交车上被挤成了汉堡包，好不容易连滚带爬地到了公司，编辑部却传来一个惊天大消息！

西小洛的新书不见了！！！

于是，编辑部炸成了一锅粥，众编辑纷纷化身为夏洛克·福尔摩斯，开启了一场惊险刺激的推理大赛！

真相，只有一个！

【卷毛】（嗖地蹿到窗户前）昨晚我一直加班，窗户没关，所以凶手的作案时间一定是在晚上8点到今天早上7点！那是一个月黑风高的夜晚，凶手凌空而起，啪！倒挂在了编辑部的窗户上，然后趁里面无人，盗走了小洛的新书。

【转转圈】（沉思）可是，凶手为什么要盗走小洛的新书呢？

【卷毛】（凝重）难道小洛跟他有仇？（出戏）哎，小洛，西小洛！你是不是有什么仇人啊？

【编辑】嘿嘿嘿，卷毛哥，你跳戏了。

一群乌鸦叫嚣着从卷毛的头顶飞过，卷毛清了清嗓子，气氛再一次凝重起来。

【卷毛】据我所断，凶手一定是想要给我们编辑部造成恐慌，我们不能让他的计谋得逞！

【眼镜妹妹】可到底是什么样的人，会来盗取小洛的新书呢？这本样书刚拿回来，我们还没来得及宣传呢。

【转转圈】 （思索）说不定……是内鬼呢。

一时间，编辑部的所有人面面相觑，默不作声。
墙上的时钟指针嘀嗒嘀嗒地一分一秒行进，编辑部静得连掉一根针在地上都可以听得见。忽然，编辑部大门被打开，所有人倒吸了一口气，后背发凉！

【眯眯眼】 （怀里抱着小洛的书，眼睛红肿）你们在干吗？

【卷毛】 （大喝）眯眯眼！居然是你偷了小洛的新书！

【眯眯眼】 （看着怀里的新书，大哭）这本书太感人了！我昨天晚上看了一晚上哭了一晚上，你们看我眼睛，看我眼睛！

【编辑】 （松了口气）虚惊一场……

【转转圈】 有那么感人吗？

【眯眯眼】 那当然！（新闻联播脸）西小洛最新力作！转型后的第一本青春成长虐心长篇小说《彼时年少，守望晴天》，不要998，也不要98，你就可以，把它带回家！现在在网上订购，你还有机会获得西小洛的亲笔签名和惊喜小礼物，还在犹豫什么？童叟无欺、老少皆宜啊！

编辑部响起雷鸣般的掌声！

【卷毛】 （感慨）眯眯眼你太敬业了，我都感动哭了！

【眼睛妹妹】 就是就是，真感人。

【眯眯眼】 嘿嘿嘿嘿，那，那请我喝杯咖啡吧？

【卷毛】 哦，眼镜，上次发给你的广告再给我参考一下呗？

【眼睛妹妹】 啊？我给转转圈了，你去找她吧。

【眯眯眼】 （走过来）编编？我宣传完了，盒饭呢？

【编辑】 阿嚏——你说啥？最近感冒了，耳背！

【眯眯眼】 你们这群禽兽——

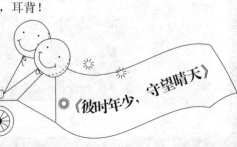

★超 能 力

双胞胎的

"微信事件"

一次因为淘宝引发的诡异事件，一段超能力双胞胎的神奇较量！当失意少女遇见失忆少年，以为捡回的是一只萌萌的哈士奇，可是谁知道居然是只披着萌萌外表的小狼！

松小果的新一轮校园神话，超能力双胞胎与武馆少女之间的有爱故事——

《朝梦双子星》惊艳来袭！

夕梦月向你发送了好友请求，是否通过？　　否

洛心蓉向你发送了好友请求，是否通过？　　是

< 　　　　　　　　　　**洛心蓉**　　　　　　　　　　 👤

你已添加了洛心蓉，现在可以开始聊天了。

心蓉，明天我接你去上学好不好？

 不要，你上次来接我，结果你哥哥夕梦月也跟来了。

上次是他使用了超能力，逼着我跟他对视套出来的！你也知道，看到他的眼睛就要说真话。放心吧，这次一定不给他机会。

🎤 　　　　　　　　　　　　　　　　　 😊 ➕

我不信，他刚还给我发微信问我明天是不是要跟你一起上学呢！

什么？你跟他是好友了？我怎么不知道？我一定要问问他！

你已添加了夕梦月，现在可以开始聊天了。

夕梦月，你什么意思？怎么可以背着我去约心蓉？

身为哥哥就是要好好监督你，别让你有机会欺负心蓉。看你，经常用超能力打架，万一伤到心蓉了呢？

我是武馆出身，我不怕……

心蓉可别大意，朝泷秀这熊孩子太会闯祸了，昨天他又把人定住了……

夕梦月已被拉黑，无法再进行对话。

世界终于清静了。心蓉，我们来聊聊明天吃什么吧。

 ……

黑暗料理名单

有一个地方，喜欢它的人，称之为天堂，不喜欢的人，则称它为地狱。它有一百种方法让你待不下去。它最喜欢对自以为是的人出手了。它就是——厨房！嘿嘿！话不多说，小编认识的许多朋友做饭都很好吃，不过，俗话说得好，台上一分钟，台下十年功，就算是世界顶级大厨，也有过不愿言说的黑暗史。你还记得自己做过的黑暗料理吗？

一号选手：我曾经把五个水煮蛋放在铝盆里，然后放进微波炉里热，结果……炸了。我当时并不知道微波炉不能放金属，也不知道整蛋不能放进去，我以为这样就可以做出虎皮蛋……

二号选手：我做过西红柿鸡蛋汤。由于放少了油，鸡蛋有腥味，于是我又回锅，回了两次后变成黑疙瘩汤……

三号选手：有一次我煮面，面捞了，汤还在，于是我直接用面汤洗碗，还倒了洗洁精。后来吃面时觉得太咸，于是又回去加了点儿汤，刚把面吃进嘴里，发觉一股洗洁精味……

小编：嘿嘿！（使劲憋笑）好啦，三位选手都说完了，那么接下来请《放开那美食，让我来》的男女主角——陆扁舟和柳梢青，说说感想。

要知道，这陆扁舟可是被称为"金舌头"（虽然他只会吃不会做），而柳梢青，做出的菜不仅样式美，闻起来也特别香（虽然她完全尝不出食物味道的好坏）！

陆扁舟： 下面我就说说虎皮蛋的做法吧！虎皮蛋的做法其实很简单，就是将煮好的鸡蛋放进油锅炸至金黄，之后可以切片炒，也可以用牙签扎洞，用汤煮，乃至入味。当然，这个汤肯定是有味道的，不是简单的开水。

柳梢青： 哦——这也太简单了，你看，是不是我做的这样。

陆扁舟： 煮鸡蛋时请带壳一起煮。

柳梢青： ……（我说怎么有点儿不对）

内容简介

柳梢青从小有个理想，要做出天下第一美食！努力了十几年，她总算成功了一半，凡是看到她做的菜的人，无一不说美，无一不说香，然而……另一半才是至关重要的啊！食物光好看有什么用！这也太难吃了吧！所以，当她得知掌门之子，被誉为金舌头，有着尝遍天下美食的陆扁舟也是同道之友后，毅然拒绝了要将他抓回门派的要求……等等！老爹你说什么？只要我把他抓回来让他继承门派掌门之位，你就不逼我接任长老之位，放手让我去追求理想？成交！只是，掌门，你这资料也太不靠谱了吧？她简直被陆扁舟坑惨了！

咱们新人璃华同学的最新悲情大作《我不配》里，傅斯宁小同学是因为一颗糖而被谢逢拐走的，但是亲爱的你，难道就是这么肤浅的人吗？（对呀，我就是）（抠鼻子）

现在，就让小编带着大家，来领略领略各国的糖果风味吧，然后告诉小编，你是被哪一国的糖果俘虏了呢？

反正我不会告诉大家，随便一颗糖果就可以把我收买。

1. 中国CHINA：大白兔
代表人物：谢逢

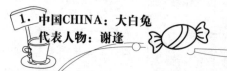

大白兔可是小编的心头最爱啊，味蕾绽放的那一刻，只闻得见那从骨子里酥到爆的奶香，闲时的午后，看一本好书，配一杯清茶，慵懒的阳光暖暖地照耀在身上，想想就觉得特别美。

谢逢当真是符合大白兔的气质啊，从骨子里就暖到爆的阳光男生，对傅斯宁的感情那可不是大白兔的甜所能比拟的呢。

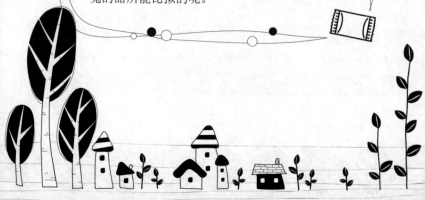

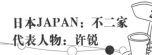

日本JAPAN：不二家
代表人物：许锐

不二家当真是不用多说了吧，每次进店可是不拿到手软不会出来的，包装精美外，不管是水果味或者牛奶味的，都是天赐的礼品啊！

说许锐代表这款，难道你们还有异议？冲不二家的名字，就知道，这是代表了许锐对傅斯宁从不二心的爱啊！

3. 英国 BRITAIN ：怡口莲
代表人物：傅斯宁

吃到最后关头总会有满满惊喜的怡口莲，每剥开一张糖纸都觉得是上帝的恩赐。

用它来比喻我们内心柔软、外表却坚强的傅斯宁是再适合不过了。

瑞士SWITZERLAND ：Sugus
代表人物：江敏芝

四四方方的包装里面，却是柔软的水果味软糖，伴随着水果香味，品尝特属于糖果的柔软甜腻，有时唇齿间还会迸发出水果的细微酸味，每一粒对小编来说，都是致命的诱惑啊！

敏芝同学骄傲不肯轻易认输的性格与Sugus的外形是不是大同小异呢？加上能把人腻化的柔软感情，简直就是翻版的Sugus啊！

看了这么多美味怡人的糖果，是不是觉得这个故事应该是黏黏腻腻的甜宠文呢？

哦，NO！

那你就大错特错啦！

璃华同学这个短篇小天后可是以虐心见长的哦！

难得操刀大长篇，虐功可不是盖的！

据说其在写大纲的阶段就把自己虐得五脏六腑俱损哦！

成稿后，小编可是一边吃着甜甜的糖果，一边哭得稀里哗啦看完整个故事的！

不信就先睹为快吧！

《我不配》（璃华 著）精彩简介——

8岁那年，他搬着小板凳坐在她面前，向她摊开掌心，递过去一颗糖。

他说："只要我有一颗糖，就一定会分你一半。所以，不要难过啦！呐，给你糖。"

然后，牵她离开。

他用他的一颗糖，甜了她整个灰蒙蒙的青春；他牵起她的手，一走就是二十年。

青葱光影，他想就这么牵着她，一直牵着，直到两个人都掉光牙齿，白了头发。

世界那么大，那么荒芜，有他在，她就什么都不怕。

可是她不能拖累他的人生，她不配与他那样美好的人在一起，或许她爱他的最好方式，就是让他走。

经年之后，他独自走过她触摸过的小巷，于岁月尽头泪如雨下。

疯狂游乐场 神奇大视野

谁是"黑魔法"少女巫

"程小诗转学到魔法界最有声望的魔法学校，一系列的奇异事件接踵而来，小诗调查之下了解到，十五年前女巫一族覆灭时曾留下五块冰晶，预言这五块冰晶将会复仇，使用冰晶的生物会进化为神兽……"

小书虫乐乐正抱着90后超人气作家叶天爱的新作《冰晶奇缘》看得津津有味，门"砰"的一声被踹开了，乐乐眼睛瞪得老大，盯着吵吵嚷嚷的小意、笑笑、君君，不明白发生了什么事。

"'小MM环游奇妙世界'系列第四站·雪雾森林《冰晶奇缘》，乐乐你喜欢少女奇幻书呀，改天借我看看。"笑笑夺下乐乐的书，将一大把冰晶和装着不知名液体的容器放到桌上，乐乐才反应过来，她们来找她玩游戏！

亲爱的MM们，你是不是也很好奇乐乐她们会玩什么游戏呢？别急别急，万能的小编直击现场，快点跟着我的脚步，投进我的怀抱吧！哈哈哈……

1 这个游戏名字叫【谁是"黑魔法"小女巫？】呃？没听懂？没关系，接着往下看哟。

这里有不同颜色的冰晶和五瓶不同颜色（无黑色）的水，谁能够制造出黑色液体，谁就是"黑魔法"小女巫！

首先，选择一块或几块你喜欢的冰晶，它们会指向你的性格和冰晶所具有的"魔力"，也可以用不同颜色的水彩笔代替玩这个游戏哦。

【黑冰晶】：象征权威、高雅、低调、创意，也意味着执着、冷漠、防御。

【白冰晶】：象征纯洁、神圣、善良、信任，给人疏离、梦幻的感觉。

【蓝冰晶】：象征权威、保守、中规中矩与务实。

【红冰晶】：象征热情、性感、权威、自信，是种能量充沛的色彩。

【粉冰晶】：象征温柔、甜美、浪漫、没有压力，可以软化攻击、安抚浮躁。

【橙冰晶】：象征富于母爱或大姐姐的热心特质，给人亲切、坦率、开朗、健康的感觉。

【黄冰晶】：象征信心、聪明、天真、浪漫、娇嫩。

【绿冰晶】：给人无限的安全感受，象征自由和平、新鲜舒适，给人清新、有活力、快乐的感受。

【紫冰晶】：优雅、浪漫，并且具有哲学家气质，给人高贵、神秘、高不可攀的感觉。

2 选好心仪的冰晶了吗？小编点兵点将，点点点，好了！选了绿冰晶，给人清新活力的绿冰晶，还真是跟小编的气质很搭哇……（似乎看到了乌鸦飞过）

然后，再选装有不同液体的容器吧，这里有红、蓝、绿、黄各色液体，乐乐她们早就选好啦，所谓红配绿咆配，小编就选红色液体，不过这红色看着怎么怪吓人的。

小意——红冰晶+黄液体　　　　　　　笑笑——黄冰晶+蓝液体

君君——蓝冰晶+红液体　　　　　　　乐乐——红冰晶+黄冰晶+蓝液体

乐乐一个人选的和她们不一样，这是怎么回事？先不管这么多，现在见证奇迹的时候到了，摇摇瓶子，冰晶慢慢在融化。用水彩笔玩游戏的MM们，用力涂涂涂啊，闭上眼睛数到10，小魔法快快们，变！

小意瓶子里的液体变成了橙色！笑笑瓶子里的液体变成了绿色！君君瓶子里的液体变成了紫色！小编的……灰色？感觉整个人都不好了。

乐乐……乐乐的瓶子里竟然出现了黑色液体！难道是"黑魔法"小女巫？还有必要问吗？大家都围着乐乐问魔法"秘诀"，乐乐说想知道答案必须先大喊口号，真是个傲气的小姑娘。小编也想学会这个魔法，你们让开，让小编先来——

叶天爱　超人气超美！　　《冰晶奇缘》　超励志超好看！

启动时空之轮的激烈战役，打响啦！